*relatório máquina-máquina*

cachalote

# relatório máquina-máquina

L. K. Nogueira

*À Maria Isabel e ao Antonio, meus pais amados,*
*À minha irmã Katia, aos meus sobrinhos Kauan e Gabriel,*
*Aos meus primos e tios,*
*Aos meus amigos,*
*E, em especial, à Cristina, meu grande amor, que acompanhou de perto a escrita deste livro*

SISTEMA DE CATÁLOGO E MEMÓRIA COLETIVA (SCMC)

RELATÓRIO MÁQUINA-MÁQUINA 9866742114

CIDADÃO: JAFÉ SILVEIRA DE BARROS

IDENTIFICAÇÃO E RASTREIO DE FONTES POR MAI

GERADO AUTOMATICAMENTE ÀS 14:12:05 DE 12 DE FEVEREIRO DE 2128.

*O Sistema de Catálogo e Memória Coletiva (SCMC), fundado pelo governo central do Brasil em 2123, é responsável por preservar a memória de cada cidadão após sua morte, de modo a assegurar que sua história e suas experiências sejam guardadas para a posteridade. O SCMC preserva as memórias individuais por meio do armazenamento dos relatórios gerados pelo Mecanismo de Arqueologia Inteligente (MAI) com base no rastreamento de fontes de mídia diversas que incluem relatos sobre os cidadãos em apreço e indivíduos a eles relacionados. Os documentos serão gerados em até 6 meses após a morte do cidadão e serão desclassificados quando cumprido o prazo de 100 anos após a criação do documento. Enquanto forem classificados, os documentos poderão ser acessados exclusivamente por sistemas digitais autorizados para fins de macroprocessamento e análise, de forma anônima e em contextos limitados, com respeito aos protocolos de segurança e privacidade e às demais determinações estabelecidas pela legislação vigente.*

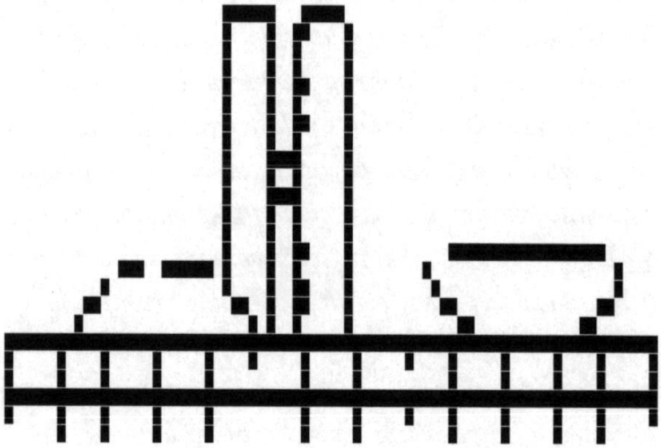

# I

**Fonte 1**
**Arquivo de texto**
**Origem: equipamento 74940P**
**Local: Brasília, DF**
**Data de última modificação do arquivo: 12/3/2063**
**12560 palavras**

O mundo já estava muito estranho no começo da década de 2060. Conflitos armados, fanatismo religioso, taxa de natalidade em declínio, motins violentos desencadeados em casas de repouso e hospitais por idosos viciados em *bets* (tornaram-se especialmente populares aplicativos que permitiam apostar, em tempo real, no desempenho dos soldados nas frentes de guerra, com base em critérios como número de inimigos mortos ou capturados, tempo de sobrevivência no *front*, bases militares controladas etc.) Mas ninguém imaginou que o apocalipse ia acontecer repentinamente, já em 2061 – e por culpa da Nova Zelândia. Nem que Brasília se tornaria a única cidade habitável do mundo.

Os gregos já diziam que se deve "esperar o inesperado". Os espanhóis, que "de onde menos se aguarda, pula a lebre". No Brasil, inventou-se que "de onde menos se espera, daí que não vem nada mesmo". Talvez seja melhor respeitar ditos populares de culturas mais antigas, principalmente aqueles que nos recordam que o caos está sempre à porta. Mas, no fim, nós, brasileiros, que nos salvamos, não os gregos ou os espanhóis. E por absoluto acaso. Então, acho que não existe nenhuma lição a ser tirada disso tudo.

Meu nome é Jafé. Em 2059, aos 27 anos, passei no concurso para analista do Conselho Regional de Economia do Distrito Federal. Depois de fazer colegial e faculdade em São Paulo, eu tinha voltado a morar com a minha mãe em Itajubá, no interior de Minas Gerais. Ela era professora de ciências do ensino fundamental. Foi aposentada por invalidez. Algumas vezes, me disse coisas cruéis. Não falava muito. Era comum que não conseguisse levantar da cama e perdesse as aulas. Ia para a escola, sentia-se mal e voltava para casa no meio do dia. Irritava-se com os alunos e com os pais dos alunos. Depois que se aposentou, quase não saía. Levava nossos dois cachorros para passear, comprava alguma coisa no supermercado. Fez uma horta e trabalhava nela todos os dias por algumas horas. Os cachorros e a horta a interessavam – não diria que a alegravam. A horta nunca teve a aparência que eu imaginava que deveria ter. As folhas nasciam frágeis e manchadas, pulgões comiam os tomates. Em algum momento, minha mãe desistiu e deixou a horta morrer. Ela era evangélica. Aos 11 anos, pensei que eu deveria temer a Deus.

Eu estava no distrito federal em 2061, quando a catástrofe aconteceu. Me salvei, com mais uns poucos milhões de pessoas. A preservação de Brasília como último grande núcleo humano pode ter garantido a sobrevivência da nossa espécie. Parece, então, não ter sido de todo descabido transferir a capital do Rio de Janeiro para cá. Mas é estranho pensar no que vai acontecer se o planalto central for a nova Mesopotâmia. Me pergunto se, caso a gente consiga reconstruir a civilização, vamos replicar o modelo urbano brasiliense, que tem como valor mais importante a livre e inobstruída observação do céu, dos pássaros e dos ipês (considera-se secundária a contribuição, para o déficit habitacional, do tombamento de grandes descampados inabitados e da proibição da construção de arranha-céus). E se, nos centros das novas cidades, a bagunça e o aperto serão substituídos pelo meticuloso ordenamento de monumentais prédios, avenidas e gramados, cuja beleza pode ser apreciada até mesmo, ou preferencialmente, desde aviões a 10.000 pés de altura. Nem sei o que achar disso tudo.

Mas é verdade também que as ruas de Brasília estão diferentes. Agora tem gente andando. Boa parte, enlouquecida e maltrapilha. Os demais, em sua maioria, preferem somente sair a céu aberto, durante o dia, envoltos por suas cápsulas de conforto térmico (CCTs). Os imensos vãos-livres, pilotis e gramados cederam espaço, ao menos temporariamente, a barracas e pequenas casas pré-fabricadas usadas para receber a população de refugiados vinda de cidades próximas. Foi grande a briga com os técnicos do IPHAN, mas eles tiveram de aceitar. A fachada de muitos prédios agora tem uso "dual" – é raro encontrar um edifício das quadras residenciais sem um bordel ou uma boca de fumo no térreo. As lajes dos prédios comerciais foram ocupadas por milícias, associações de funcionários públicos e entusiastas daquele que agora é o esporte mais popular do mundo, o *beach tennis*.

Tenho a impressão de que, para uma boa parte dos que foram poupados, a hecatombe trouxe algum tipo de perverso conforto psicológico. Como se a realidade tivesse finalmente se alinhado com o que sentiam. Os reclusos e desalentados acharam-se validados pela comprovação de que a ansiedade, a depressão, o pânico e a desconfiança eram reações racionais aos sinais cada vez mais frequentes de que as coisas não iam terminar bem. Em algum momento da década de 2050, 4 dos 20 chefes de Estado das maiores economias do mundo eram *streamers* de games e 1 deles, um *serial-killer* que tinha cumprido pena por 8 assassinatos. Quando o presidente do país mais poderoso do mundo mostrou o pau para o líder do Estado rival em uma reunião, pediu que seus ministros fizessem o mesmo – afirmando aos berros que os membros genitais dos nacionais de seu país eram maiores –, e prometeu um ataque nuclear, parecia que o caldo tinha entornado de vez. Nessa época, muita gente começou a ter comportamentos erráticos e inconsequentes – abandonaram seus empregos, torraram suas economias, tornaram-se criminosos contumazes, passaram a dedicar todo o tempo e energia ao uso de drogas e à gratificação de impulsos sexuais. Com a catástrofe de 2062, esses que tinham abandonado a sociedade não se fechando, mas, como dizia minha mãe, saindo da casinha, também acharam que fizeram a aposta certa.

Sobraram muitos políticos e servidores públicos para pouco território. Foi feito um esforço para que todos pudessem manter seus empregos e tivessem o que fazer. O Ministério da Agricultura e Pecuária, por exemplo, colocou um bom número de funcionários para monitorar a produção de alface-lisa, outros da alface-americana, mais alguns da alface-mimosa. De modo arbitrário, por uma mera questão de gosto, o ministro barrou a criação da divisão do coentro. O Ministério da Pesca ficou responsável por aumentar o estoque de peixes (sobretudo de *saint-peter*, ou tilápia, por sua capacidade de reprodução rápida) e de crustáceos de água doce no lago Paranoá. Soube de um servidor do Ministério da Fazenda que andava abatido por ter trocado a análise de modelos macroeconômicos pelo trabalho de campo de acompanhamento do preço do adicional de ovo frito nos PFs dos restaurantes da cidade.

Logo que compreenderam que o mundo como conhecíamos tinha sido destruído, os diplomatas e outros representantes, em Brasília, dos países até então mais poderosos do planeta, começaram a defender que o território do DF fosse dividido. Argumentavam que, como Brasília agora era a Terra, as fronteiras globais deveriam ser recriadas, com as devidas adaptações de escala, no território do Distrito Federal. Em face da união dos moradores dos diferentes bairros da cidade contra a ideia, os oficiais estrangeiros tiveram de se contentar com a decisão do governo brasileiro de apenas lhes ceder maior autonomia na gestão de suas embaixadas.

Os integrantes do Itamaraty passaram a dedicar grande parte das suas jornadas de trabalho a mediar os constantes entreveros que caracterizavam a *petite geopolitique* do plano piloto. Os norte-americanos reclamavam do mau cheiro causado pela fermentação de batatas para preparação de vodka no quintal da embaixada da Rússia. Os russos consideravam provocação a organização de sessões dos filmes Rocky IV e Rambo III a céu aberto, na frente da embaixada dos EUA. Os franceses diziam que o racionamento de manteiga equivalia a matá-los lentamente de fome e que seu acesso a uma maior quantidade per capita do produto em relação a outros diplomatas era "um direito humano de natureza cultural". Diferentemente das brigas entre americanos e russos, esse último problema foi solucionado rapidamente, quando alemães e dinamarqueses aceitaram ceder cotas de manteigas não utilizadas por seus funcionários veganos.

Como frequentemente ocorre na história, depois de uma fase de união, seguiu-se outra de discordância. Os brasilienses, que inicialmente cooperaram de forma decidida e coesa no enfrentamento às consequências da catástrofe e à ameaça de divisão do país, perceberam que tinham opiniões diferentes sobre como a sociedade deveria ser reconstruída. Em meio ao abandono de muitas casas e apartamentos e ao rompimento dos contratos de locação e financiamento, as pessoas aproveitaram para se reagrupar com base em seus posicionamentos políticos. Na Asa Sul, no Guará e em Águas Claras, juntou-se o grupo que defendia o restabelecimento do mundo anterior à hecatombe da forma mais fiel possível – o que demandava incentivar as pessoas a manterem o trabalho e a função social que tinham antes, reforçar as forças policiais e garantir os direitos de propriedade. Entre os defensores dessa perspectiva, havia não somente gente prejudicada pela perda de empregos e fechamento de negócios, mas também quem não tinha muito antes, mas achava que aquela forma de organização social aumentava suas chances de prosperar por meio do trabalho duro e do mérito. Na Asa Norte, reuniu-se quem acreditava que o acontecido era prova do fracasso do modelo anterior e que agora existia a oportunidade de se criar uma sociedade igualitária e justa. Para um terceiro grupo, concentrado no Lago Sul e no Lago Norte, o mundo que tinha surgido da tragédia, caracterizado pela drástica redução do papel do Estado – cada um tinha se tornado responsável por sua própria segurança e a maior parte dos impostos deixou de ser paga – deveria mesmo continuar assim. Fortemente armados e organizados em clãs, emitiram uma declaração conjunta dizendo que não reconheciam a legitimidade do governo e que se resguardavam o direito de responder à bala a eventuais tentativas de intervenção em seus territórios. Eu, que morava na Asa Norte, continuei por aqui, mais por inércia do que por outra coisa.

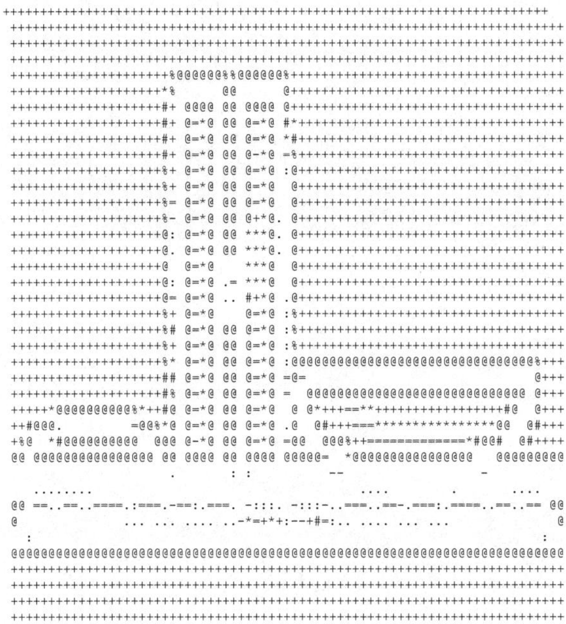

# II

Fonte 2
Arquivo de vídeo - Transcrição
Origem: equipamento 79393C
Local: Itajubá, MG
Data: 3 de junho de 2053
4 minutos e 16 segundos
1130 palavras

— Eu, Jafé, era líder de jovens aqui na igreja.

Quando a fé deles vacilava eu mostrava a minha.

Talvez com isso convencesse mais a mim mesmo do que a eles.

Eu principalmente os ouvia.

O pastor vai se lembrar. Quando eu tinha tempo, sentava no canteiro e cuidava das plantas, cozinhava, ajudava no que precisassem.

Vejo muitos jovens aqui hoje.

A gente se orgulhava em silêncio das capas gastas e as páginas engorduradas das nossas Bíblias, provas materiais da nossa proximidade cotidiana com a Palavra divina.

Às seis e quarenta da manhã eu cravava o botão mais alto da camisa em meu pescoço ereto.

Usávamos nossas próprias palavras.

As palavras do mundo a gente guardava debaixo de nossas línguas como pedaços de pão sujo.

Eu achava que meu olhar era bom. Que os irmãos todos eram bons e felizes e eu também era bom e feliz.

Os outros eram diferentes.

De muitas formas, nenhuma delas que eu soubesse explicar.

Eu mudei de cidade e de escola no ensino médio. No começo as coisas continuaram iguais. Meus estudos e minha fé como dois cachorros cegos latindo em margens opostas de um rio.

Nada na física, na geografia, na biologia ou na história interessa à religião. Desde sempre existe um conflito entre o que o ser humano quer saber e o que Deus quer que a gente saiba. Deus fez a vida como uma longa noite. Estamos pelados e desorientados em um campo de batalha. Tudo que levamos nas mãos é uma pequena faca sem corte.

Eu comecei a conviver com pessoas que não eram da igreja. Sentava nas primeiras fileiras, assistia à aula em silêncio e voltava para casa, onde passava quase todo meu tempo sozinho, assistindo anime, jogando videogame e lendo sobre religião, literatura, filosofia, artes. Não que eu desprezasse elas – não conseguia justamente deixar de me interessar pelo que falavam. Ou que eu não as entendesse – entendia e não sabia de que modo ou por quê.

Eu era como um lote de terra indistinto. Eles, como vales e escarpas. Imprevisíveis, violentos. Tinham desejos profundos. Queriam coisas frequentemente imediatas e contraditórias. Liberdade para amar e controle sobre o que amavam. Tinham laços fortes de amizade, andavam juntos dia e noite. Se atacavam de forma violenta e em seguida se perdoavam.

Pedro, bolsista na escola, era aceito pelo grupo de meninos mais ricos porque sabia ser mau quando queria. Deram um iPad de presente para que ele pudesse se preparar para a prova de desenho industrial. Respondiam alguma provocação feita por ele dizendo que teria que voltar a desenhar no papel se não calasse a boca.

Eu tinha poucas vontades mas alguma certeza sobre o que eu deveria fazer com a minha vida. Queria ter uma função clara no mundo.

Eles primeiro decidiam sem concessões o que eram para depois, se a vida exigisse, pensar para o que serviriam.

Uma professora de história muito gentil costumava convidar grupos de alunos para jantar na sua casa. Em um desses jantares,

Guilherme pediu licença para ir ao banheiro. Foi até a sala, enfiou a mão no aquário, tirou o maior peixe e deu para que o gato da professora comesse.

O ouriço sabe muito de uma coisa.

Eu achava que nos meus estudos e na minha futura carreira eu tinha uma só vocação. Queria estudar ciências contábeis ou economia. Ter uma missão certa. Morar em uma cidade média e ter uma família.

Seria fácil dizer que eram raposas ou cobras.

Mas também agiam com ingenuidade, fidelidade, boa-fé. Alguns eram mais calmos e reservados. Quase todos, talvez por terem crescido em uma cidade tão grande, tinham uma certeza felina.

Eu tinha crenças religiosas. Que vi vacilarem diante das convicções que eles tinham sobre tudo que um jovem poderia fazer.

Meu quarto aqui em Itajubá tinha uma pequena janela de alumínio e por meio dela eu via uma paineira.

Eles eram como a porta incomumente alta da casa do Caio em Perdizes, uma varanda em Ubatuba, o rombo de uma bomba na parede de um casebre em Aleppo.

Eu, como um dos pincéis que meu pai usava para pintar paredes. Eles, como um bisturi, um revólver, uma caneta nas mãos certas.

A Aleluia do Velho Testamento. A Aleluia do Leonard Cohen.

Eu era abstêmio. Eles bebiam, fumavam e cheiravam.

E, no final,
Éramos todos
Barro.

Se você deixar um grupo de primatas por tempo suficiente em uma sala eles vão se lembrar de que são feitos da mesma coisa. Alguma coisa estúpida. Alguma coisa violenta.

Gostei de keep cooler depois de vinho e cerveja e depois de outras muitas substâncias. Fui para raves. Dancei e senti que todos eram bons e felizes e que eu era bom e feliz.

Israelenses, americanos e europeus mudaram-se para Goa na década de 70 e misturaram música eletrônica com cânticos hindus. Depois começaram a fazer raves em todos os continentes. Na Bahia, em São Paulo e depois em muitas partes do Brasil.

Como os hindus que bebiam soma me vi parte de um tecido único fiado por muitas coisas que parecem distintas.

Fiquei 7 dias sem falar em um retiro de budismo tibetano. Senti pena de minha mãe e ódio de meu pai.

Qual nome dar a um círculo que não é redondo?[1]

Eu era um asceta e não sabia. Eu renunciava ao mundo e não sabia. Quando os Upanixades me disseram que eu deveria me abster da vontade, eu só pude seguir o rumo contrário.

Quando o Nirvana Sutra me prometeu que superar a ilusão da individualidade me tiraria todo desejo e ódio, eu percebi que desejo e ódio me faltavam.

Comecei a escrever um livro. Viajei sem destino. Quebrei uma garrafa de vidro na cabeça de uma criança de rua que tentou roubar meu celular. Fui para um festival de música eletrônica no Uruguai.

Me apaixonei.

Por 5 minutos, minha mão direita deveria ficar no ombro direito dela e meus olhos olhando seus olhos. Então nós todos nos levantaríamos e dançaríamos de olhos fechados nos tocando como a gente quisesse.

Depois fomos os dois para a beira da represa. Ela teve câncer com 15 anos. Moramos juntos por 2 anos e fomos noivos por mais 2.

Estávamos sempre juntos.

Eu e ela tantas vezes sozinhos.

Aos 8 meses e 16 dias.
O vermelho vivo.
Nosso filho natimorto.

Kisagotami perdeu o filho pequeno. Tomada pela dor procurou Buda querendo que ele trouxesse seu filho de volta. Buda se dispôs a ajudar, mas pediu que ela trouxesse um grão de mostarda dado por uma família que não tivesse perdido ninguém. Kisagotami bateu em muitas casas e descobriu que todas as famílias tinham perdido alguém querido. Então ela aceitou a universalidade da morte e a inevitabilidade do sofrimento.

O Deus da nossa igreja.
O Deus para o qual eu volto hoje.
Pode mais do que isso.

# III

**Fonte 1 - Parte 2**
**Arquivo de texto**
**Origem: equipamento 74940P**
**Local: Brasília, DF**
**Data da última modificação: 12/3/2063**
**12560 palavras**

Meu vizinho do andar de baixo era um militar aposentado. Eu morava no terceiro andar e ele no segundo. Depois de ir para a reserva, ele tinha comprado duas bancas de jornal ali perto (as bancas mantiveram esse nome, apesar de já não venderem jornais desde os anos 2000, se não me engano), onde trabalhava com a esposa. Ela tinha sido casada com o irmão mais velho dele, que morreu quando tinha 30 e poucos anos. Ela administrava as bancas. Todo mês colocava à venda novos produtos, aproveitou o espaço para montar uma distribuidora de galões d'água. Se davam bem. Mas, quando bebiam, brigavam e gritavam muito. "Não era melhor nem pior do que o jeito que você fala comigo. Era outra voz, outras palavras. Você falava com ele de outro jeito. Não sei explicar, já disse". Ele se ressentia porque tinham sido namorados quando adolescentes, mas ela o largou para se casar com o irmão dele. Ela parecia cansada. "Você e ele são muito mais parecidos do que você acha. Mas seu irmão sabia o que queria. Você não queria saber de estudar nem de trabalhar, não quis mudar por mim nem por você". Falavam sempre as mesmas coisas. "Não sei como meu irmão aceitava o que você fazia com ele". "Isso era entre mim e ele. Ele sabia e gostava. Não fique procurando descobrir o que você não quer saber. E por que você me procurou depois que ele morreu? Por que quis casar comigo? Para passar a vida toda ressentido?".

No dia seguinte, voltavam a se tratar bem, como se nada tivesse acontecido. Brigavam assim algumas vezes por mês. Parece que se gostavam. Mas não sei se gostar é suficiente. Sei muito pouco sobre isso. Quando ela tinha mais ou menos 70 anos, começou a ficar fraca, descobriu um tipo de doença degenerativa. Ele cuidou dela. Depois que ela morreu, ficou deprimido, vendeu as bancas. Isso tudo um dos porteiros me contou. Como o prédio não tinha elevadores, eu passava pelo andar debaixo quando saía e, com alguma frequência, encontrava esse vizinho. Francisco o nome dele. Ela, que morreu uns meses depois que me mudei para o prédio, se chamava Rita.

Minha relação com o Francisco era boa. Tentei falar "oi" umas vezes, mas ele não ligava muito. Passei a acenar com a cabeça. As linhas no rosto dele eram fundas. Não sei se ele era tão triste quanto parecia. Mas o único sorriso que me deu, depois que fiz uma piada boba, me marcou tanto quanto o que vi na boca do meu pai quando o encontrei pela última vez. Meu pai me disse que eu não tinha precisado dele para me tornar adulto, que eu era um homem melhor do que ele e que minha vida seguiria. Foi coerente até o final – suas últimas palavras para mim serviram apenas para que ele mesmo tivesse mais conforto no leito de morte.

Um dia, Francisco parou para me pedir ajuda para fazer um procedimento burocrático para a renovação dos seus documentos. Parecia não ter mais ninguém a quem pedir. Outra vez o vi carregando, com dificuldade, um pequeno móvel velho para o térreo. Disse que ele poderia deixar ao lado da porta do apartamento dele coisas mais pesadas que precisasse tacar no lixo e eu me encarregaria. Levei um vaso com uma planta morta e outras coisas que não lembro. Ele deixou uma garrafa de vinho de presente na minha porta uma vez. Suponho que tenha sido ele, porque não tinha nenhum bilhete junto. Três semanas antes da catástrofe, ele passou mal, foi levado por uma ambulância e não voltou.

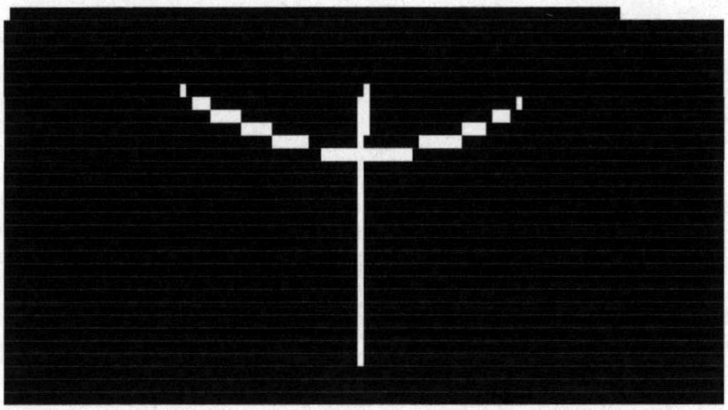

# IV

Fonte 3
Arquivo de texto
Origem: equipamento 85033W
Local: Brasília, DF
Data da última modificação: 28/10/2065
2462 palavras

## PRIMEIRA CENA

PERSONAGENS

AIMÉE, BEN, LI, MARIA, KARINE, TOM E MULHER.

*(Bangkok. Sala decorada com objetos* geek *(posters,* action figures *etc.). Do lado direito, sofás, poltronas, uma televisão e um videogame. Do lado esquerdo, um espelho e cadeiras. Ben, Karine, Li e Maria colocam roupas, perucas e maquiagem com estética de* anime/cosplay. *Tom veste uma grande fantasia de raposa de pelúcia de tipo* furry. *Karine lê um tablet com anotações e depois o passa para os outros.)*

| | |
|---|---|
| TOM | Foda-se, porra. (...) Sabe? |
| BEN | Sim. |
| TOM | Não é uma questão de certo ou errado. Mas tudo tem limite. (...) Tem um limite para o que posso ajudar e para o que eu posso aguentar. |
| BEN | É uma situação de merda. |
| TOM | Se eu for tentar fazer mais do que eu posso, eu vou me afogar junto com ele. Mas ele não entende isso. Não reconhece o que eu faço. Nunca é suficiente. |
| BEN | É foda. Um puta azar o que aconteceu com ele também, entendo ele estar desse jeito. |

TOM Ele nunca me poupa de nada. E não reconhece. Nunca é suficiente. (...) Nosso combinado era esse, não tinha essa expectativa de que eu fosse dedicar todo o meu tempo e energia a ele. E agora eu dedico, não sobra pra mais ninguém. Isso tá fodendo com minhas relações. Mas mesmo assim não basta. Então o que adianta? (...)

LI Vocês vão querer ir pro Denny's?

MARIA Sim, eu topo.

KARINE Eu vou para o show do Carlo. Marka vai também.

LI Não sabia que ela tinha voltado. Achei que ela fosse passar seis meses fora.

KARINE Sim, ela passou, ela foi em março. (...)

KARINE *(para Tom)* Ele está te dando a chance de ser humano e ter algum tipo de relação real com alguém. Claro que você ia fugir.

TOM Vai se foder, Karine.

KARINE E talvez você não seja tão importante assim. Eu vi ele com aquele afeto dele ontem, Lucas, Luca. (...) Você é tão previsível. Não sei se deve ser entediante ou frustrante ser seu terapeuta, provavelmente os dois.

*(Pausa longa. Toca um sinal. Eles terminam de se arrumar. Sentam-se nos sofás e poltronas. Ligam o videogame e começam a jogar um jogo lúdico, infantil e colorido. Uma mulher na faixa dos 50 anos entra na sala, acompanhada de outra de pouco mais de 25 anos. A primeira deixa a segunda junto ao grupo e vai embora. A segunda mulher, chamada Aimée, usa roupas (saia de tule, blusa de algodão sem mangas), orelhas de pelúcia e maquiagem azuis.)*

KARINE Oi, Aimée! Que saudade que a gente tava de você.

AIMÉE Oi. Eu também.

KARINE Como está o segundo ano da faculdade?

AIMÉE A faculdade está legal. Estou estudando desenho.

KARINE Eu me lembro, claro. Você desenha muito bem! Mostra pra gente seus últimos desenhos.

AIMÉE Tá bom (*Mostra os desenhos no celular*).

MARIA Que lindos! Você é muito talentosa.

AIMÉE Obrigada.

LI E sua melhor amiga Jessy, por onde anda?

AIMÉE Ela está bem. Mas não vejo ela faz tempo. Ela está fazendo faculdade em outra cidade. Mandei uma mensagem para ela faz 2 dias mas ela ainda não me respondeu.

KARINE Ahh, tenho certeza que ela vai responder em breve. Ela gosta muito de você. Mas todo mundo anda muito ocupado ultimamente, né? (...)

BEN E o seu cachorro Niko?

AIMÉE Ele está bem. (...)

BEN Vamos jogar Dubmax? Da última vez você foi a campeã do nosso grupo. Treinou bastante?

AIMÉE Eu joguei algumas vezes.

*Começam a jogar.*

TOM Aimée, adorei sua roupa hoje.

AIMÉE Obrigada.

TOM Conta mais alguma coisa pra gente.

AIMÉE Eu perdi minha virgindade. Com um menino da faculdade. (...)

KARINE Esse é um momento importante, né, Aimée. Espero que tenha sido legal e que você esteja feliz.

AIMÉE Foi estranho. Talvez eu seja assexual.

KARINE Não tem nenhum problema se você for. (...)

MARIA E o que mais você tem feito de legal?

AIMÉE Eu fiz um pão de centeio com a minha mãe.

MARIA Que delícia! Ficou gostoso? Eu adoro cozinhar e fazer pães também. Da próxima vez que você vier, podemos trocar umas dicas.

AIMÉE Tá bom.

*Continuam jogando. Aimée está ganhando. Li começa a jogar com mais afinco e passa na frente de Aimée. Os outros parecem estranhar e olham para Li, que continua a empenhar-se. Ela termina vencendo Aimée, que fica em silêncio e olhando para a tela.*

KARINE Dessa vez Li ganhou, mas você continua sendo a nossa campeã, você sabe, né? (...)

AIMÉE Vocês são felizes aqui?

KARINE Claro, Aimée. Eu tenho 23 anos e venho do interior. Meus pais são camponeses e cultivam frutas. Eu visito eles todo verão. Eu gosto de games e de dançar. Eu também sou programadora, por isso meus amigos dizem que eu sou inteligente.

*Aimée olha para Karine em silêncio. A mulher que havia trazido Aimée volta para buscá-la. Ben, Karine, Maria, Li e Tom despedem-se de Aimée.*

MULHER (*para Aimée, enquanto a acompanha em direção à saída*) Vamos passar no caixa para o pagamento. Você pode fazer um upgrade no seu plano, o que você acha? A gente vai adorar te ver mais.

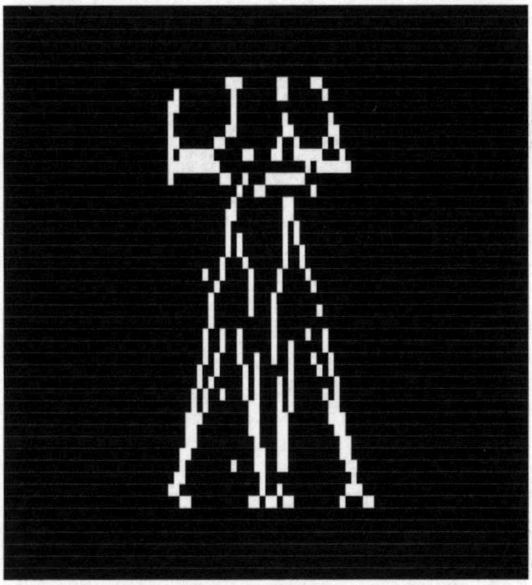

# V

Fonte 1 - Parte 3
Arquivo de texto
Origem: equipamento 74940P
Local: Brasília, DF
Data da última modificação: 12/3/2063
12560 palavras

Em meio aos conflitos sectários que irrompiam toda semana entre os apoiadores dos diferentes projetos de reorganização da sociedade, o governo central foi perdendo o controle do território. Eventualmente, teve de aceitar a criação de três protoestados, cada um com seus próprios órgãos de governo e forças de segurança. O Norte, cujo território a princípio se restringia à Asa Norte, anexou a Vila Planalto (dizem que os responsáveis tramaram a invasão durante os sambas de domingo no restaurante da Tia Zélia). Membros mais radicais do grupo estabeleceram guerrilhas na região entre a Granja do Torto e a represa de Santa Maria. Eram frequentes as provocações e os ataques mútuos perto dos limites com o Lago Norte.

Uma grande assembleia de nortistas no parque Olhos d'Água decidiu promulgar uma constituição e realizar eleições e concursos públicos para seleção de representantes populares e servidores públicos. Para assegurar que a nova constituição refletisse os valores e interesses de todos, determinaram a criação do sistema digital de democracia direta e participativa (SisDDDP), por meio do qual cada cidadão poderia dar palpites na elaboração e aprovação do documento. Foram eleitos representantes constituintes de quadra, responsáveis por moderar os grupos virtuais de debate entre vizinhos e reunir sugestões de artigos, incisos e alíneas. Um *large language model* (LLM) de inteligência artificial (IA) depurou essas propostas iniciais, por meio da exclusão de dados *outliers*.

Essa primeira fase do processo, ainda que tumultuada (minha vizinha Paula, do primeiro andar, por exemplo, submeteu reclamações formais contra a rejeição de sua proposta de artigo que previa a construção de um busto do Alceu Valença no eixão), deu origem a um texto considerado aceitável pela maioria. De modo geral, o documento atendia às expectativas predominantes entre progressistas a respeito de temas sociais, econômicos e ambientais. Uma análise comparativa mostrou que o texto tinha como parente mais próxima a constituição de 2038 da Islândia.

A primeira minuta da Constituição do Estado Norte foi submetida à revisão por um grupo de especialistas, também auxiliados por modelos de linguagem de inteligência artificial. A maior parte das modificações nesse processo foi pontual, de ordem econômica e tributária, com o intuito de adequar as receitas e os gastos previstos pela constituição. A única notável exceção resultou, dizem, da decisão unilateral de um dos revisores de inserir um comando para que o LLM buscasse tornar o documento menos individualista, tomando em consideração os princípios da filosofia pós-estruturalista francesa – o que levou à inserção de artigo com a seguinte redação:

> Art. 62 - Duas ou mais pessoas adultas poderão, em conjunto, mas a título personalíssimo, optar pela substituição parcial ou integral, temporária ou permanente, da condição jurídica de indivíduo de cada uma delas pela condição jurídica conjunta de "multiplicidade singular de máquinas desejantes".

Esse dispositivo legal permitiu que um grupo de pessoas que considerasse viver de forma fortemente interligada formalizasse seu "agenciamento maquínico", o que significava que passariam a ser vistos pelo Estado como uma só entidade, e nessa condição exerceriam seus direitos e obrigações. No começo, algumas poucas pessoas tentaram fazer uso das possibilidades criadas pelo artigo

62, mas podia ser trabalhoso ter de coordenar vontades e pulsões para atividades cotidianas como ir ao trabalho ou fazer compras no supermercado (presenciei uma discussão em que uma das partes de uma "multiplicidade singular de máquinas desejantes", com um pacote de bolachas na mão, dizia "olha, eu falei que não ia mais comer mas agora eu quero, me deixa, para de querer capturar e territorializar o meu desejo", ao que a outra parte replicava que "essa não é uma decisão individual, seu mal-estar e remorso depois de comer esse monte de açúcar vão impactar o maquinário todo"). Logo o dispositivo se tornou "letra morta" ("62" inclusive se tornou gíria para quem era meio doido – algo entre o "porra louca" e o "tilêlê", utilizados em outras épocas).

A força do movimento "Brasília nova Israel", que lotava igrejas católicas e evangélicas e sinagogas na Asa Sul, em contraste com a queda do número de fiéis nas missas e cultos na Asa Norte, convenceu os nortistas de que precisavam criar outros espaços de comunhão e integração. Lançaram os Centros Espirituais Ecumênicos (CEEs), que organizavam diariamente "eventos de discussão não-dogmática sobre religião, teísmo, gnosticismo e ontologia" facilitados por padres, mães e pais de santo, pastores, imãs, rabinos e pesquisadores da área de teologia. Algumas vezes por semana, os CEEs ofereciam aulas, *workshops* e sessões de tarô, I Ching, yoga, meditação sufista, reiki, acupuntura, alinhamento de chakras com taças tibetanas, respiração holotrópica, somaterapia. O interesse despertado pelos centros foi inicialmente menor do que o esperado pelo governo do Norte. O público, contudo, parece seguir aumentando depois que parte dos eventos de discussão foi substituída por atividades de aprendizado de outros campos do conhecimento, como línguas, coreografia de reggaenejo (mistura de reggaeton com sertanejo), práticas de e-commerce e metodologia de pesquisa da ABNT.

Eu acompanhava essas coisas de longe. Passava os meus dias trabalhando remotamente. Cumpria com muita calma e alguma diligência as tarefas passadas por minha chefe no Conselho

Regional de Economia do Distrito Federal. Lia, jogava online nos poucos servidores restantes. Me masturbava cada vez menos.

Muitas casas e apartamentos do DF ficaram abandonados depois da catástrofe. Pouco a pouco, foram sendo habitados. Os novos moradores em geral diziam que eram parentes dos antigos proprietários, mas não dava para saber. O apartamento do meu vizinho Francisco foi ocupado por dois jovens tatuados. Um deles, o mais alto, tinha um corte de cabelo todo irregular, com partes longas e outras raspadas à máquina, e as sobrancelhas descoloridas. O outro tinha o cabelo bem curto e avermelhado e os olhos bem pretos. De vez em quando eu os ouvia gritando e rindo. Francisco batia no teto quando eu colocava música alta e eu abaixava o som. Eu batia no piso e meus novos vizinhos me ignoravam. Mas eram simpáticos quando eu as encontrava nos corredores. Olhavam nos meus olhos e me cumprimentavam.

# VI

**Fonte 4**
**Arquivo de áudio - Transcrição**
**Origem: equipamento 55954G**
**Local: São Paulo, SP**
**Data: 9 de agosto de 2054**
**3 minutos e 56 segundos**
**545 palavras**

— Foi tranquilo chegar aqui no restaurante?

— Sim, eu estudo aqui perto.

— Ótimo. Dia lindo hoje, né? Vamos direto ao ponto, então. Eu te disse que a coisa mais importante de todas é você saber o que você quer. De forma sincera. A gente precisa de sinceridade para poder definir a melhor estratégia. Seu nome se pronuncia como se lê, Jafé mesmo? Certo. Você me disse que você quer uma relação monogâmica com uma mulher. Uma relação em que você seja o provedor e dê a última palavra. É ótimo que você tenha sido honesto. Isso é fundamental. E você tá pagando caro e eu não estou aqui para te julgar. (...) Mas esse papo de *incel* não dá, porra. Vocês precisam sair da internet e parar de ver novela coreana e vídeo de *tradwife*. Não existe isso na vida real. Primeiro, você não tem renda suficiente para ser provedor. E, com essa mentalidade, você vai estar divorciado e pagando pensão em pouco tempo. Segundo, se você arrumar alguma tonta que queira que você dê as ordens e decida tudo, você que não vai aguentar e vai correr para a saia da sua mãe pedindo pra voltar a ser tutelado. A gente vai trabalhar para que você encontre alguém que goste de você e te admire. É isso que você precisa. Também tenho que ser absolutamente sincero no meu diagnóstico para as coisas darem certo. Você é um cara tímido, meio travado. Eu te olho e vejo que você não tem molejo, não tem samba. Tudo bem. A gente vai trabalhar para você se soltar, mas talvez seja tarde para você virar um grande especialista em sedução e sexo. Não é aí que está seu grande potencial. Você tem outras qualidades, e a gente vai focar nelas. Por exemplo, tenho a impressão de que você é um cara que dificilmente se exalta. Sem grandes paixões, sem mudanças bruscas de humor. Estou certo? Você faz uma faculdade boa, tem uma boa aparência. Combinar a camisa com a calça não é algo fácil para você, mas isso a gente dá um jeito. Vamos também pensar em um corte de cabelo e um modelo de óculos diferentes. Mas não adianta você fingir que é outra pessoa. Se você tivesse me dito que queria sexo casual, nossa estratégia poderia ser essa. Mas, como você busca uma relação, formar uma família, ter filhos, a gente tem que procurar mulheres com quem você tenha compatibilidade real. Você me disse que seus hobbies são videogame e corrida. Graças a Deus tem a corrida, porque é foda quando a pessoa chega aqui falando só de videogame. Cheio de problema para resolver no mundo real e você preocupado com a safra de berinjelas da sua fazenda virtual no x-verso. Vamos reforçar isso do exercício e dos esportes, é ótimo para você conhecer alguém. E, talvez o mais importante de tudo, vamos fazer uns bons perfis para você nos aplicativos de encontro. Você contratou o meu serviço de gestão de perfil de aplicativo, certo? Então você só vai gastar seu tempo indo nos *dates*. A gente vai desenvolver as conversas, marcar os encontros e te mandar um briefing de uma página sobre a pessoa e o que foi conversado antes de você ir.

# VII

**Fonte 1 - Parte 4**
**Arquivo de texto**
**Origem: equipamento 74940P**
**Local: Brasília, DF**
**Data da última modificação: 12/3/2063**
**12560 palavras**

Depois do apocalipse, passei a frequentar um bar na quadra 409. As pessoas bebiam e cantavam muito. Chorar em público se tornou comum. Eu tomava uma cerveja à tarde no balcão do bar quando um garçom, Davi, me contou que nasceu e cresceu em uma comunidade ribeirinha isolada em Roraima. Era o segundo mais novo de sete irmãos. O primogênito, Paulo, quando tinha cinco anos, saiu para acompanhar a pescaria do pai e de outros moradores. Na volta, no final da tarde, caiu do barco, sem que ninguém percebesse. Notaram quando chegaram na vila e já tinha anoitecido. Saíram com vários barcos, mas não o encontraram. Procuraram durante o dia e a noite seguintes. A mãe chorava o tempo todo. O parto de Paulo tinha sido difícil e achavam que ele não sobreviveria. Sobreviveu, para morrer assim, com o rio na barriga. Os pescadores todos deixaram de pescar para buscar o menino. Ou encontrar seu corpo. As mulheres rezavam e confortavam a mãe. Na madrugada do terceiro dia, o menino apareceu na vila, molhado e sujo. Não sabia explicar como. Perguntavam se um barco o tinha deixado lá, ele dizia que sim. Se tinha sido um tronco, sim. Um bicho, um boto ou uma cobra, também. Surgiram muitas versões sobre o que tinha acontecido. Paulo ficou conhecido como o "menino da água". A mãe depois teve outros seis filhos, todos homens. Todos desde pequenos aprenderam a pescar. Ela nunca mais deixou Paulo entrar em um barco de pesca. Não gostava que ele saísse de casa. Fazia tudo por ele. Os outros irmãos davam a Paulo, contrariados, parte do que pescavam. A mãe, quando ficou velha e doente, pegou suas economias e disse aos outros filhos que compraria a madeira e os materiais para que cada um deles construísse um novo barco para si. Em ritmos diferentes, os barcos foram feitos. Quando todos estavam completos, a mãe determinou que os barcos fossem vendidos e que o dinheiro fosse dado a Paulo, para que pudesse se sustentar depois que ela morresse. Os irmãos assentiram, mas depois foram embora da comunidade. Paulo e a mãe ficaram sós. A mãe morreu dois anos depois. Paulo aprendeu a pescar, foi embora ou morreu de fome, me disse Davi.

Saí do bar e fui caminhando para casa. Seguia o pavimento de concreto paralelo aos prédios da quadra residencial. Virei a esquina, o chão estava manchado de roxo pela polpa dos jamelões (ou jambolões ou guapés). A rua estava com uma luz fraca e amarelada, e me senti triste. Pensava em como deve ser a vida de quem deseja muito outra pessoa ou coisa. Eu, em algum momento, orei muito a Deus. Tentei lembrar de como eu me sentia nessa época. Lamentei não conseguir mais encontrar conforto na ideia de Deus. Sinto agora, inevitavelmente, que o amor é um dado lançado no escuro. Uma aposta feita em ideias, pessoas e coisas que nunca poderão ser conhecidas. Quis recordar como é a vida de quem tem certezas. De que a vida é austera e dura como uma pedra. Ou de que a vida é bonita e líquida como um rio. De que tomar esse ou aquele caminho fará com que as coisas deem certo. De que o corpo, o tempo e o mundo guardam um sentido próprio. De que as coisas não têm sentido algum.

Passaram por mim um cachorro e muitos carros. O sol estava forte. Em frente ao meu prédio, encontrei uma mulher maltrapilha caída ao lado de uma carroça, tendo uma convulsão. Me aproximei. Ela me olhava enquanto tremia. Segurei sua cabeça. Ela cheirava mal. Parou de convulsionar depois de um ou dois minutos e permaneceu deitada, de olhos fechados. Duas outras pessoas se aproximaram. Uma delas pegou o celular e chamou uma ambulância. O atendente do outro lado da linha fazia muitas perguntas e quase todas elas me pareciam desnecessárias. Outra pessoa se aproximou. Perguntaram se eu conhecia a mulher e eu disse que não. Fui embora para casa.

Liguei o ar-condicionado e me deitei no sofá da sala. Lembrei da minha única companheira. De como é ser objeto do desejo genuíno de alguém. Entrei em um site de pornografia. Comecei com um vídeo de um homem jovem e uma mulher mais velha. Passei para outro entre dois homens. E outro em que um homem apertava o pescoço de outro enquanto um terceiro o penetrava. Eu não sentia nada. Não o que eu tentava sentir. Sentia alguma coisa incômoda no peito. Me irritei, deixei o celular e liguei o holoprojetor. Procurei alguma outra coisa para assistir.

> – Em "Renascer: Novas Chances" um grupo de pessoas que enfrentam crises emocionais profundas se reúne em um ambiente seguro, buscando apoio e compreensão em suas lutas contra pensamentos suicidas. A série documenta a jornada de cada participante enquanto eles compartilham suas histórias, confrontam seus medos e exploram as razões que os levaram a considerar o suicídio. Com a orientação de profissionais, os participantes passam por atividades terapêuticas e desafios emocionais, proporcionando uma plataforma para o diálogo aberto sobre saúde mental. Alguns lutam para encontrar esperança e por seguir em frente, enquanto outros sucumbem diante de batalhas mais difíceis e, tragicamente, levam adiante o plano de acabar com suas próprias vidas.

> – Em "Construindo a Fé", um grupo de pastores evangélicos se reúne para um desafio único: levantar recursos para a construção do maior templo religioso da história da humanidade, localizado no coração de Sorocaba. Cada pastor traz sua própria abordagem e estilo de liderança,

apresentando diferentes estratégias de arrecadação, desde eventos comunitários e campanhas online até doações de grandes fiéis. A série explora não apenas as táticas criativas de captação de recursos, mas também os dilemas éticos e morais que surgem ao longo do caminho. Os participantes devem equilibrar a esperança e o senso de comunidade com a competição acirrada, enquanto enfrentam desafios inesperados, como crises de fé e rivalidades pessoais.

– "15 Anos: as princesas da milícia-ostentação" acompanha a vida de filhas adolescentes de milicianos enquanto se preparam para uma das celebrações mais esperadas de suas vidas: a festa de 15 anos. Em meio ao glamour, essas jovens enfrentam a pressão de corresponder às expectativas familiares e à cultura extravagante que as cercam. Cada episódio foca em uma jovem, desde a escolha do vestido até a seleção do tema da festa, passando pelas discussões familiares sobre segurança e a influência das atividades de contravenção de seus pais.

Preferi assistir a um filme.

– O filme "O Sacrifício", do diretor Andrei Tarkovsky, conta a história de Alexander, um jornalista e intelectual que, na noite do seu aniversário, se vê diante de uma crise existencial quando a Terceira Guerra Mundial e uma catástrofe nuclear são anunciadas na TV.

O filme não era nada sobre isso. Não sei bem sobre o que era. Dormi em alguns trechos. Acho que era sobre o tempo. Sobre os desenhos que um homem faz na areia para se distrair por um momento do medo da morte.

Fui para o quarto. Pensei na mulher deitada na calçada. Fiquei com ódio do mundo, mas mais ainda dela, que trazia o mundo à minha porta. Não existe nenhuma explicação para a estupidez além da própria estupidez. Dei uma série de socos fortes no colchão. Dei um soco fraco na parede. Quis gritar mas não gritei porque não sou histérico. Me encolhi na cama e eventualmente peguei no sono.

# VIII

**Fonte 5**
**Arquivo de texto**
**Origem: equipamento 143990P**
**Local: Brasília, DF**
**Data: 11/5/2079**
**500 palavras**

Os anos depois da catástrofe foram muito difíceis. Eu sentia culpa por sobreviver, por não ter acompanhado meu marido na viagem para visitar meus sogros na Bahia, por ter deixado meus pais em Porto Alegre, por ser a única da família a poder ver minhas filhas crescerem. Viver o luto junto com tantas outras pessoas é estranho. Todo mundo se entende, mas a gente é só mais um. Essa geração das meninas foi afetada de uma forma que ainda não entendi bem. Elas tinham 2 e 4 anos. Parece que elas e os amigos não falam e não pensam no passado quase. Talvez seja porque todo mundo que é mais velho fala o tempo todo do passado. Para elas o mundo é esse, muito menor, com muita coisa registrada e pouca coisa viva. Tem muito menos gente. Mas as coisas estão voltando, a memória é algo muito forte. Não tinha mais nada em certas cidades. Mas muita gente escolheu essa missão de recriar as cidades de onde eram ou de onde seus pais ou avós eram.

O trabalho no Conselho de Economia do Distrito Federal não era tão demandante, mas para mim era difícil fazer qualquer coisa nessa época. Mas era melhor ter algo que me obrigasse a pensar em outras coisas e a me movimentar. Eu chefiava a equipe que produzia estatísticas para projetos ligados ao governo do Distrito Federal e ao governo federal, depois ao governo da Asa Sul e da Asa Norte. Era eu, o Jafé e algum estagiário que não parava lá por muito tempo. O Jafé era muito bom. Ele fazia tudo que eu pedia rápido e errava pouco. Era educado também, nunca reclamava. Mas é estranho passar tanto tempo com alguém que quase não fala com você, não reage. Ele falava com algumas outras pessoas, com alguns dos outros estagiários das outras equipes. Ele agia como se tudo estivesse bem sempre, mas dava para ver que não estava. Eu passei uns 6 ou 7 anos convivendo com ele todo dia e depois que a gente se despediu, nunca mais nos falamos. Com a Isabela, depois dele, eu fiz amizade em 3 meses. Mas não posso reclamar também, porque trabalhei com gente que fazia da minha vida um inferno, ele só me incomodava um pouco porque não falava direito.

Mas a gente teve algumas conversas e interações legais. É difícil a gente falar a língua das outras pessoas. A minha língua é essa de conversar mais, falar alto, contar as coisas. Tem gente que não é assim. Mas ele falava um pouco comigo, do jeito dele. Uma vez, no meu aniversário, ele me deu um ingresso para um espetáculo de dança. Eu tinha comentado que gostava muito de dançar quando era mais nova. O Jafé me ajudava além do que precisava. Passou um tempão pesquisando uma cadeira nova pra mim porque eu reclamava de dor nas costas. Eu gostava dele. Mas é difícil, se a pessoa não conversa, fica nesse lugar de gentileza só.

# IX

Fonte 3 - Parte 2
Arquivo de texto
Origem: equipamento 85033W
Local: Brasília, DF
Data da última modificação: 28/10/2065
2462 palavras

## SEGUNDA CENA

PERSONAGENS

KARINE E LI

*(Bangkok, ano 2057. Quarto pequeno, com paredes brancas e piso de madeira clara. Uma cama de casal no lado direito. Uma escrivaninha e uma cadeira no lado esquerdo. Ao fundo, uma pequena varanda com muitas plantas. Karine e Li estão deitadas juntas na cama.)*

KARINE Curadoria-poesia. Curapoesia. Ou alguma coisa mais potente. Mais violento que antropofagia. Latrocínio talvez. Poesia latrocínica. Poesia 157. Algo assim. A gente se apropria como quiser dos versos dos outros e os transformamos em poemas nossos. Eu posso simplesmente plagiar o texto de alguém e dizer que é meu. Pirataria poética. 98% dos poetas não escreveriam nada se achassem que o poema poderia ser apropriado por alguém. Pelo fim da ideia de autoria. Quantos sambas Nelson Cavaquinho não vendeu? A Wang Anyi dizia que um autor, ao contar uma história, sempre coloca a si mesmo no meio dela, de forma egoísta. É preciso pôr fim ao autor. Barthes, um *twink* francês que apreciava objetos de decoração japoneseses e fumava Galoises Caporal, claro que não ia levar sua teoria ao extremo necessário: em última instância, é legítimo assassinar literalmente ao autor e roubar sua obra. Latrocínio poético. A inteligência artificial

Afixa
Encrava
Coloca
Insere
Introduz

o último prego no caixão do autor. A humanidade já produziu muitos mais bons textos que qualquer pessoa pode chegar perto de ler. Qual é a importância do ineditismo? A gente tem que pôr fim a essa ansiedade em produzir mais. Por uma poesia distributivista e antinatalista.
Depois da batalha
Uma casa em ruínas
Uma mulher sob a luz da lua
Lê uma carta
Sob os ossos dos heróis
Restos de neve
Uma estrada
Ninguém a percorre[2]

A corsa branca com que sonhei essa manhã
Leve criatura feita de um pouco de memória
E de um pouco de esquecimento
O amor era um pássaro branco
E o corvo era um pássaro branco

E no branco da noite cantavam
Eu também sou um sonho fugaz
Que dura um pouco mais
Que esse outro sonho
Do campo
E do branco[3]

Abril é o mês mais cruel, faz nascer
Lilases da terra morta, Aviva
raízes inertes com as chuvas da primavera, Mistura
memória e desejo, Derrama
a natureza sobre minha cabeça ardente
O seu sol, a sua chuva, o vento que me acha o cabelo,
E o resto que venha se vier
Ou tiver que vir
Ou não venha[4]

Como um violino
Na sua capa preta
Entre a ideia
E a realidade
Entre o movimento
E a ação
Sou carregado pela minha sombra[5]

# X

Fonte 6
Arquivo de vídeo - Transcrição
Origem: equipamento 97784C
Local: Estrada BR-040 (Petrópolis-Rio de Janeiro)
Data: 6/1/2057
38 segundos
136 palavras

— Olha pra cá, Nil. Olha, pai.

— Eu estou dirigindo, filha, não posso.

— Oooi, Sabrina. Bom dia a todos. Aqui quem fala é Nil, direto para o canal da Sabrina. Hoje é um dia nublado e quente, 38 graus. Propício para uma descida em família para a praia. A senhora Lia não pôde comparecer por motivos profissionais, mas os outros três integrantes do núcleo familiar cumprirão com sua obrigação de se divertir. A senhora Sabrina já preparou seus apetrechos. Ela não aceitou minha sugestão de levar sua pá e seu balde para brincar na areia. Deixou muito claro que prefere, como os demais, levar um livro, pois já tem 9 anos. A previsão é de diversão na praia e depois de um almoço saboroso. Será que Sabrina pedirá uma sopa?

— Blééé, odeio sopa!

# XI

**Fonte 7**
**Arquivo de texto**
**Origem: equipamento 75511C**
**Local: N/A**
**Data: 10/3/2052**
**104 palavras**

[20:33, 10/3] Jafé: Oi, Laura! Aqui é o Jafé. Peguei seu número no grupo da turma. Gostei mto do que você falou ontem sobre o impacto da decadência das instituições sobre o desenvolvimento. Vc viu esse artigo do Lasflute e do Roger Kalaf que usa a metodologia do Duflo e do Banerjee, focada em estudos empíricos locais e de pequena escala, para analisar o impacto do barateamento das tecnologias robóticas nesse nível local e micro? Quer tomar um café ou uma cerveja e conversar sobre isso e outras coisas qualquer hora?

[21:21, 16/3] Jafé: Oi, Laura, tudo bem? Quer ir naquela exposição do Nuno Ramos, Bispo do Rosário, Maria Martins etc.?

[16:47, 30/4] Jafé: Oi. Espero que esteja tudo bem por aí, Laura. Beijos

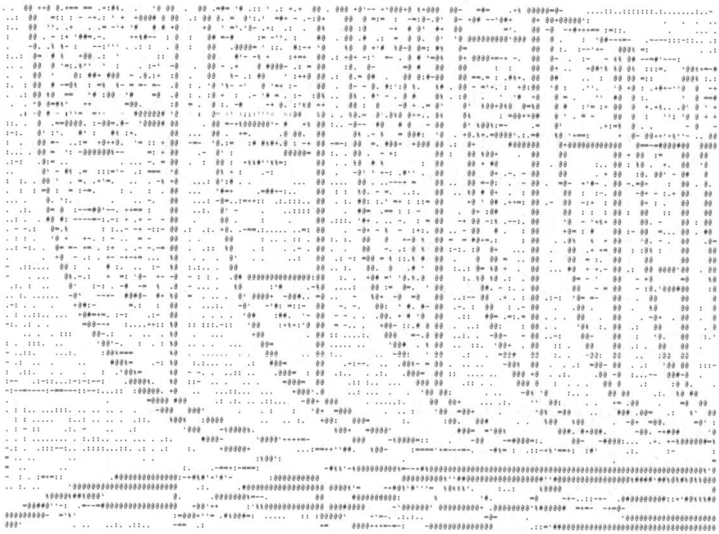

# XII

**Fonte 1 - Parte 5**
**Arquivo de texto**
**Origem: equipamento 74940P**
**Local: Brasília, DF**
**Data da última modificação: 12/3/2063**
**12560 palavras**

Dormi até tarde. Acordei e desci para comprar pó de café. Era fácil encontrar produtos como esse porque algumas pessoas se arriscavam indo para as cidades abandonadas para se apropriarem dos estoques deixados nos supermercados e depósitos. Ouvi dizer que, como não existia lei nenhuma nesses lugares, era comum que, ao se deparar com alguém, se atirasse imediatamente para matar. Descendo as escadas, encontrei no corredor as minhas vizinhas de baixo. A mais alta, de sobrancelhas descoloridas, usava uma saia vermelha que imitava a pele de um tigre e uma blusa laranja e preta com o que pareciam ser pedaços de acrílico imitando vidro quebrado. Chamava-se Karine. A outra, de cabelo curto, usava roupas largas, com várias camadas, todas pretas. Era Nil.

— Oi.

— Oi. Vocês mudaram para o 214, né?

— Sim.

— O Francisco era boa gente.

— Ouvi dizer que ele morreu sozinho.

— Acho que sim. Qual de vocês era parente dele?

— Nenhum de nós dois. Um outro amigo que vai morar com a gente mais pra frente.

— Certo.

— Nós vamos fazer uma festa hoje. Espero que não te incomode.

— Depende do barulho e que horas terminar.
— Você quer vir?
— Vou ver, obrigado pelo convite.
— Começa umas 8.

Dormi de novo umas 6 da tarde e acordei atordoado às 9 com a música da festa. Não tinha vontade de ir para lá, mas tomei um banho e fui. Não tomei a iniciativa de falar com ninguém, mas fiquei feliz quando falaram comigo. Queria entender porque se vestiam e falavam assim e o que achavam de tudo que tinha acontecido. Dizer que eu não era mais feliz antes da catástrofe, que eu queria continuar vivo mas não entendia por quê. Mas disse muito pouco. Até ficar bêbado e tomar um comprimido que Karine me ofereceu.

NIL

Como que a gente foi ser bem dessa geração? Que azar. Quantas milhares de gerações antes da gente? Teve outras fodidas também. Imagina ser um professor universitário de óculos e mãos macias no Camboja na década de 1970. Mas a nossa é pior para mais gente. Ninguém viveu esse trauma. Tem o trauma e tem o peso de reconstruir tudo. A gente vai influenciar muito o que vai acontecer.

[— Essa Bianca que ensinou para ele sobre esse negócio dessas *deepcoins*, eles compravam de um jeito que não tinha que pagar imposto. Tinham começado a se relacionar faz 4 anos, parece. Ele era o gerente e ela, funcionária dele no banco. Parece que ele pedia para ela assinar uns documentos para transferência de dinheiro, era coisa errada. Eles ganhavam uma comissão e iam comprando as *deepcoins*. Ela falou que ele prometia largar a mulher quando o filho fosse para a faculdade. Aí, quando o filho foi, ele disse que estava gastando muito para sustentar ele e que não tinha como se divorciar naquela hora. Parece que ela falou que não tinha problema, e para eles continuarem juntando dinheiro para mudar pra Europa depois. Ela tem cidadania portuguesa. Foi aí que ele ganhou aquele prêmio do banco, você lembra? Teve o evento na sede do banco. A família dele toda lá, a esposa, os filhos, a mãe. Aí parece que essa Bianca chegou lá e antes da cerimônia chamou ele para conversar, disse que tinha que resolver uma coisa urgente. Aí chamou ele em um canto e mostrou uma pasta com os comprovantes das transferências do dinheiro, tinha foto e print das conversas falando sobre a relação deles. Ela disse para ele que, se ele não transferisse as moedas para a conta dela, ela ia subir no palco e contar para todo mundo que ele fazia fraude no banco e que eles dois tinham um caso. Ela já tava com tudo pronto no celular. Aí ele transferiu. Tinha mais de um milhão]

[— A gente não entendeu nada do que aconteceu ainda. A gente tá na fase do choque, tentando sobreviver só. Pensa no conhecimento, nas culturas, nas línguas que foram perdidas.

— Pelo menos ficou o registro de muita coisa. Sei lá. Muita coisa ia morrer de todo jeito. Me incomoda mais que a gente tá voltando a fazer as mesmas coisas.]

| | |
|---|---|
| NIL | Pelo menos você não tenta me convencer de nada. Mas é irritante essa postura de quem não se incomoda com nada também. |
| JAFÉ | As coisas que eu acredito não fizeram muito bem, não deram certo para mim. |

[— Vocês conhecem a piada da galinha careca?

— Não.

E a piada do bezerro azul?

— Também não.

— Então, essa do bezerro azul. Tinha um velho fazendeiro, criador de vacas, que estava passando por dificuldades. A fazenda dele tinha passado por uma seca, depois as vacas pegaram uma doença, várias morreram. Ele estava indo à falência e não sabia o que fazer. Ele rezava todo dia para que as coisas melhorassem. Conversava com as vacas e pedia que elas resistissem. Tinha esperança que alguma coisa acontecesse para salvá-los todos daquela situação. Então, em uma noite, uma vaca prenha pariu um bezerro azul. Completamente azul. Nunca tinha visto um bezerro como aquele. E ele percebeu na hora que o bezerro ia ser sua salvação. Ele podia cobrar para que as pessoas conhecessem o bezerro. Ganhar dinheiro na internet. Eventualmente vender o bezerro por uma fortuna. Ele escondeu o bezerro e cuidou com muito carinho e atenção dele. Dava a melhor comida, protegia-o. Um dia, ele teve de ir para a cidade comprar coisas para a fazenda e, quando voltou, o bezerro tinha sumido. Ele ficou desesperado e procurou por toda parte. Nos pastos todos. Na mata. Nas encostas do rio. Ele estava prestes a desistir, quando ouviu um barulho estranho vindo de uma moita. Ele correu até lá, afastou as folhas e os galhos e, finalmente, quem ele encontrou?

— O bezerro azul?

— Não, a galinha careca da outra piada.]

JAFÉ — Vocês são tão lindos todos. Como vocês sabem o que fica bonito? Vocês inventam as roupas, as tatuagens? Ou vocês copiam de algum lugar?

NIL — Eu só posso falar por mim. Tem coisa que eu invento, coisa que eu copio, coisa que eu copio achando que inventei.

[— Eu gostei mais daquele do Canadá. Começa contando a história do pai do menino, ele chama André e o filho, Zacarias. O nome do documentário é "Querido Zacarias". O pai é americano. Explica que o pai queria muito ser médico, tentou por uns dez anos e conseguiu entrar numa faculdade em uma universidade pequena no interior. Ele se forma lá e conhece uma médica canadense e eles começam a se relacionar. Essa médica tinha um histórico de ficar obcecada e perseguir os namorados. Já tinha feito isso com outros. Quando ele termina com ela, ela começa a perseguir ele. E aí vai e mata ele com cinco tiros. Ela foge para o Canadá e descobre que tá grávida do André. Os pais dele tentam conseguir a guarda da criança, mas o juiz deixa com a mãe. Aí esse amigo dele, o diretor do documentário, resolve fazer o documentário para contar para o filho quem era o pai e explicar o que aconteceu. Enquanto ele está fazendo o documentário, a mulher conhece outro cara e fica apaixonada por ele. Mas ele termina com ela quando fica sabendo da história. Ela vai atrás dele, aí quando ele não responde, ela surta, pega o filho e vai para a praia. Coloca remédio na mamadeira do filho, pega ele no colo e pula no mar. E os dois morrem.]

[— Eu amo vocês, porra. O único jeito é reconstruir tudo com base no amor. Mas é difícil. Eu já odeio tanta gente do estado do Sul. É muita burrice. É difícil amar quem é tão burro.]

[— A "Procurando Sugarman" vocês já viram? É sobre um músico que lançou um disco nos Estados Unidos que não fez sucesso. Alguém leva o disco pra África do Sul e o disco fica famoso lá, a música vira um símbolo do movimento contra o apartheid. Mas o músico não sabe. Depois de várias décadas, os diretores do documentário vão atrás do músico, descobrem onde ele está, ele trabalhava como pedreiro e já estava mais velho. Levam ele lá pra África do Sul, ninguém acreditava que ele ainda estava vivo, mas ele faz vários shows lá e todo mundo ainda lembra dele. Depois do documentário ele ficou famoso no mundo todo.]

JAFÉ — Eu não sei, eu me sinto bem com você. Sabe quando bate o santo? Eu não acredito em muita coisa, mas essa coisa de energia às vezes parece verdade. Não sei se você se sente assim também.

[— As árvores e os bichos vão continuar lá. Isso não importa. Esses lugares eventualmente vão voltar a ser acessíveis. Mesmo se não voltassem, não importaria. Não precisava ter acontecido o que aconteceu pra gente entender o que o ser humano é.]

[— Vocês viram essa história desse cara que ia visitar o túmulo da avó e levar flores? Ele percebeu que um dos túmulos ao lado era de um cara jovem, que tinha morrido com 20 e poucos anos, na noite de Natal, vocês não viram isso? (...) Então, ele ia lá visitar a avó e via esse outro túmulo, que parecia abandonado. Ele ficou sensibilizado, aí cada vez que ele ia visitar o túmulo da avó, ele também levava flores para colocar no túmulo desse cara. Depois de vários meses fazendo isso, ele resolveu pesquisar sobre a vida desse cara, para saber quem ele era. Aí descobriu que o homem tinha matado a esposa e as duas filhas e se matado. Na noite de Natal. Ele ficou se sentindo muito culpado. Então descobriu onde ficava o túmulo da mulher e das filhas, aí ele começou a levar flores para elas.]

NIL — Quem precisa falar que é do bem, que é luz, namastê, chama todo mundo de família e irmão muitas vezes tem muita maldade escondida. E esses góticos, punks, você mesmo com esse seu jeito, às vezes é o oposto, é quem é sensível, se machucou por alguma razão, e agora quer dizer que é mau, "não mexe comigo". É um jeito de se proteger, né?

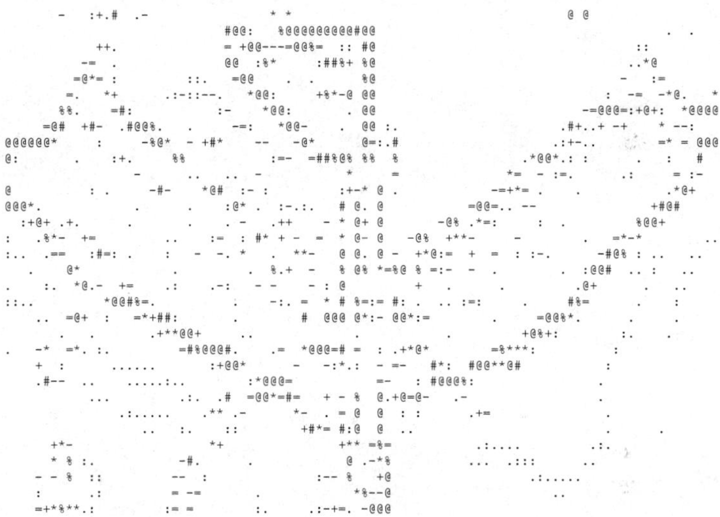

## XIII

Fonte 3 - Parte 3
Arquivo de texto
Origem: equipamento 85033W
Local: Brasília, DF
Data da última modificação: 28/10/2065
2462 palavras

TERCEIRA CENA

PERSONAGENS

AIMÉE, HOMEM BRANCO E DONG

*(Seul, ano 2058. Galeria de arte onde acontece a abertura de uma exposição de pinturas. Cerca de 50 pessoas bebem e conversam. Aimée está sozinha em um canto, com uma taça de espumante nas mãos. Um homem branco e um homem asiático, ambos de meia idade, aproximam-se. O homem branco a cumprimenta)*

HOMEM BRANCO *(virando-se para o outro homem)* Dong, essa é a Aimée, de quem eu te falei tanto. Eu não exagero em dizer que ela pode ser a nova Francis Bacon. A Francis Bacon coreana. O que é paradoxal porque ela é vegana, né, Aimée? Mas eu não estou brincando. Ela me fez acreditar na tela e na pintura pictórica novamente. Quando não parecia mais possível, com essas tecnologias todas de projeção holográfica, de plataformas mutáveis, de artistas fictícios, a Aimée tem expandido tela após tela o campo ampliado da pintura. (*Tira o celular e começa a mostrar pinturas da Aimée*). Claro que não dá para sentir a potência toda das obras por aqui, mas veja. O gesto na tinta, a consciência da autonomia do meio, nenhum excesso formalista. Veja essa outra tela, Dong. Como ela articula o trauma da memória coletiva coreana com um vocabulário profundamente universal e também particular. Ela tem tudo. Você é autista, Aimée? (*Ela sinaliza com o rosto e com as mãos que não sabe*). Eu a agenciaria hoje se fosse você, Dong.

# XIV

**Fonte 1 - Parte 6**
**Arquivo de texto**
**Origem: equipamento 74940P**
**Local: Brasília, DF**
**Data da última modificação: 12/3/2063**
**12560 palavras**

Eu acordava, preparava um café e ligava minhas telas de trabalho. Colocava para funcionar os modelos de inteligência que faziam os cálculos e previsões sobre economia do DF. Passava a manhã conversando com esses sistemas. Pouco antes do meio-dia, mandava para minha chefe as primeiras versões dos relatórios. Comia alguma coisa, dormia um pouco e voltava ao trabalho. Lá pelas 16h, eu enviava uma segunda leva de documentos e dava por encerrado o expediente. Costumava jogar videogames ou sair para caminhar sozinho. Depois da festa, fiquei um tempo sem falar com meus vizinhos. Passadas umas três semanas, encontrei Nil no corredor. Perguntei se ela tomava café e ela disse que não. Falei que tinha pensado em levar café para eles um dia desses. Ele (ou ela – me disse que poderia chamá-lo dos dois jeitos) falou que a colega de moradia tomava e que eu era bem-vindo para visitá-los independentemente disso. Então eu passei a bater na porta deles alguns dias por semana no final da tarde.

Karine raramente estava. Namorava uma pessoa que só vi uma vez, chamada Li. Tinham-se conhecido na Ásia. Os dois estavam procurando um pedaço de terra livre na zona rural para criar algum tipo de comunidade. Nas poucas vezes que eu a encontrei, ela quase sempre de saída, conversamos sobre isso. Ela me disse que, nos últimos anos, tinha se dedicado a criar Zonas Temporárias Autônomas – organizava, com amigos, festas que duravam vários dias, em lugares isolados, nas quais era permitida a "livre expressão plena" (pelo que entendi, os participantes vestiam roupas incomuns ou ficavam nus, dançavam, faziam performances artísticas, usavam todo tipo de drogas, debatiam, transavam). Nada podia ser comercializado ou mesmo trocado. Se tivesse consentimento, as pessoas podiam fazer o que quisessem umas com as outras. Perguntei se podiam se agredir até a morte e ela disse que isso nunca foi discutido, mas que achava que não. Agora que o governo estava enfraquecido, ela achava que era o momento de criar uma comunidade mais permanente. Na única vez que passei um tempo com ela e Li no apartamento, eles divergiram duas ou três vezes sobre como deveria ser a comunidade.

Eu costumava tocar a campainha deles lá pelas 17h. Normalmente, Nil abria a porta. Às vezes eu fazia o café em casa, às vezes levava o pó e preparava lá. O coador deles não estava em bom estado. A gente se sentava à mesa da cozinha e conversava. Também ficávamos em silêncio. Principalmente nos vários dias em que ele parecia abatido. Lembrava muito da irmã pequena, Sabrina. Tinha 11 anos quando a catástrofe aconteceu. Nil me mostrou fotos. Sabrina era magra e baixa, tinha a pele preta e o cabelo escuro liso. Era ansiosa, aflita, inconformada. Não entendia por que, se perguntava o nome de alguém, respondiam só "Maria" ou "João" e nada mais. De onde eram, "Rio de Janeiro" ou "Guaratinguetá". Como está, "bem", "ótimo", "tudo certo". Quando o que queria saber era por que a mãe tinha decidido pôr aquele nome e não outro, como se sentiam caminhando por aquela cidade, o que pensavam sobre a vida, os animais e as plantas. O professor respondia com certeza até quando não sabia bem do que estava falando, porque achava que era o que deveria fazer. Se Sabrina dizia que gostava de amarelo, a melhor amiga respondia que amarelo era uma cor bonita e o menino com quem brigava dizia que era uma cor feia, e em nada importava de que cor ou palavras se tratasse. O pior é que ela deveria se comportar de um jeito parecido e não conseguia perceber. Cansava-se tentando identificar se acreditava mesmo em cada pensamento ou se tinha outros motivos para tentar se convencer dessas ideias. Mas também sabia se divertir. Era engraçada e sagaz. Fazia muitas piadas e devolvia muito bem as provocações da Nil e da outra irmã.

Contei a Nil sobre minha vida em Itajubá, depois em São Paulo e novamente em Itajubá. Sobre colegas do ensino médio, meu sentimento de inadequação durante a faculdade, as viagens, as drogas, a igreja. Momentos em que senti culpa, angústia, felicidade e êxtase. Disse que ao longo da vida acreditei em muita coisa, inclusive em nada, e que agora nem em nada eu acreditava. Falamos sobre comida, procedimentos estéticos, plantas, dinheiro, tecidos, concursos públicos, móveis, bicicletas. Ela quis saber mais sobre choque de oferta, elasticidade e inelasticidade da demanda, meta de inflação. Me contou sobre sua infância e adolescência em Petrópolis e sobre a mudança a Brasília para fazer faculdade. Disse que não achava fácil aceitar a natureza imprevisível e incerta da vida. Que sabia que sua cabeça estava sempre em busca de conclusões, conceitos, definições que criassem a ilusão de compreensão da existência e de controle sobre o destino. Contou sobre dois amigos que tinham tirado suas vidas. Falou o que achava de balé contemporâneo e monólogos teatrais. E da história do Brasil Colônia. Aprendi que a Batalha de Guararapes era o primeiro grande marco do país, pois juntou brancos, pretos e indígenas brasileiros sob comando dos brancos em uma guerra violenta que serviu para mudar tudo e deixar tudo igual. Que o primeiro bispo do Brasil, Pero Fernandes Sardinha, brigou com todo mundo aqui e no caminho de volta a Portugal foi devorado pelos caetés ou pelos tupinambás. E que, segundo relatos populares, na guerra de Independência, um grupo de mulheres de Itacaré, comandadas por Maria Felipa de Oliveira, seduziu os marinheiros portugueses que vigiavam os navios, surrou-os com galhos de cansanção e colocou fogo nos barcos. Li as ideias que Nil colocava com sua letra torta em um pequeno caderno de capa verde escura. Entendi apenas o suficiente para poder dizer com sinceridade que gostei.

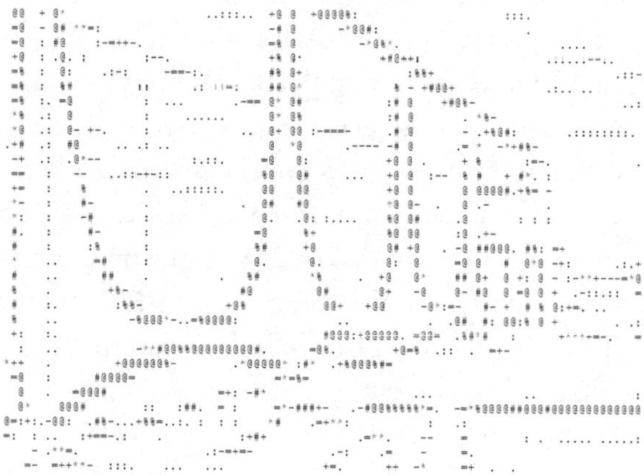

# XV

Fonte 3 - Parte 4
Arquivo de texto
Origem: equipamento 85033W
Local: Brasília, DF
Data da última modificação: 28/10/2065
2462 palavras

QUARTA CENA

PERSONAGENS

AIMÉE, PAI e MÃE

*(Seul, ano 2060. Sala de jantar de uma mansão de estilo neoclássico. A sala tem bexigas e outras decorações de aniversário. Aimée está sentada à mesa, jantando com o pai e a mãe. Aimée e o pai comem em silêncio)*

MÃE (*dirigindo-se à Aimée*) Eu não entendo o que você ganha retomando essa ideia de 4B. Minhas amigas e eu sempre ridicularizávamos quem optava por isso. Sem filhos, sem casamento, sem sexo e sem namoro? Os homens são estúpidos e você reage abrindo mão de coisas essenciais para a vida? "Abandonar o espartilho"? Isso para mim sempre me pareceu uma desculpa para abandonar a si mesma. Não acredito que ainda estamos tendo essa discussão depois de mais de 30 anos. A sua idade, 30 anos. Eu olho para você e tenho certeza de que não posso estar errada. Talvez eu esteja ficando louca, mas não errada. Se você estivesse feliz e fosse funcional eu acreditaria nisso. Onde você vai chegar? Eu sempre disse para o seu pai que o dinheiro nunca pode ser dado sem exigências em troca. Não é suficiente fazer uma faculdade. Não aos 30 anos. Não uma faculdade de artes. Onde estão seus amigos? Que tipo de arte você vai fazer? Você é incapaz de cuidar de um cachorro.

# XVI

**Fonte 1 - Parte 7**
**Arquivo de texto**
**Origem: equipamento 74940P**
**Local: Brasília, DF**
**Data da última modificação: 12/3/2063**
**12560 palavras**

Estávamos na casa do professor Carlos Rodrigues Nogada Albuquerque. Eu estava distraído, olhando o quadro na parede da frente, composto por um grande retângulo verde-oliva de tecido com um retângulo menor, laranja, dentro dele. A moldura do quadro, de madeira preta, estava lascada no canto inferior direito. O vidro refletia a luminária de palha, iluminada por uma lâmpada amarela fraca. Nil olhou para mim e, em seguida, para o prato, que estava vazio. Colocou então um guardanapo de papel dobrado ao meio no centro do prato e a faca em cima do guardanapo, apontando para o norte. Eu estava bêbado e fiquei olhando para aquilo sem conseguir lembrar o que significava. Ela me olhava séria e esperava minha reação.

Nil tinha trabalhado na Waffle House por um ano. Ela me explicou que, lá, os atendentes se comunicavam com a cozinha por um sistema que não envolvia palavras ou números — o sistema de marcas mágicas. Os garçons recebiam os pedidos dos clientes e entregavam para a cozinha um prato com uma representação do que cada cliente queria: um prato com um guardanapo no canto, com um sachê de açúcar em cima, significava que o cliente tinha pedido um mingau de aveia. Um pacote de geleia na parte sul do prato representava dois ovos mexidos com uma fatia de pão branco. Se o pacote de geleia estivesse de ponta-cabeça, a fatia deveria ser de pão integral. Um sachê de ketchup com um pacote de manteiga em cima no lado oeste do prato significava que o cliente queria só um ovo, e não dois (a porção padrão). Ela me contou isso na cozinha da casa dela. Não tinha esses pacotinhos de geleia e sachês de açúcar lá, então a gente criava nosso próprio sistema com outras coisas. Um copo no centro do prato significava "você está com algo no dente". Um guardanapo amassado em formato de bola era "quero comer em silêncio". Era engraçado.

O professor Carlos, especialista em história do segundo império brasileiro, alto e gordo, com cabelo e barba pretos, estava sentado à mesa, bem em frente a mim. Quando ele se excitava, movimentava a cabeça e os braços, cobrindo, de modo intermitente, o quadro com o retângulo verde-oliva e o retângulo laranja. Ao lado dele, estava seu marido, Américo Albuquerque, fundador de uma empresa de consultoria empresarial, um colombiano loiro e baixo. Ao meu lado, Nil. Eu tinha mais interesse em conversar com o Américo, mas Nil já tinha me avisado que o professor gostava muito de falar (o que ela disse exatamente foi que ele "tinha a si mesmo em altíssima conta e gostava muito da própria voz, mas era do bem"). A boa vontade do professor era importante para os planos acadêmicos de Nil. Então eu estava seguindo o que ela tinha pedido – escutar o que Carlos falasse e dizer alguma coisa ou outra para mostrar interesse.

— Veja bem, a gente tem que olhar para o que a gente é de verdade. Qual é a importância do sexo para a humanidade? Toda. É exagero dizer que é a coisa mais importante do mundo? Os indianos podem ter inventado o kama sutra, o sexo tântrico, o que for. Mas o melhor sexo que existe é feito na América Latina. Eu sei o que eu tô falando. Américo e eu já experimentamos de tudo em Amsterdam, Istambul, Berlim, Nova York, Lagos, Tel Aviv. Não existe nada comparável. A América Latina e possivelmente o Brasil é a melhor nisso. Não é pouca coisa, é? Eu entraria em mais detalhes, mas o Américo não gosta. Agora, o que eu quero dizer é que sexo e violência são a mesma coisa. Antes do apocalipse nós aqui na América Latina já nos matávamos. A gente não matava os outros. Essa rivalidade que existia entre os países na América do Sul. Bolívia e Chile, Chile e Argentina, isso não é nada. Eu morei na Sérvia. Isso é coisa leve, bobagem. Guerras pequenas no século XIX, ninguém mais lembra direito. Mas a gente tinha as maiores taxas de violência interna. E isso tem tudo a ver com sexo. Olha só...

Américo fez um sinal para que Carlos parasse de falar. Já tínhamos tomado três garrafas de vinho e eu estava com sono. Nil então colocou no prato o guardanapo e a faca. Eu tentava lembrar o que isso significava. Achei inicialmente que era o símbolo de ficar quieto. Não podia ser o de ir embora, que eu lembrava que era um garfo e uma faca fazendo um v. Nil continuava olhando para mim e para o prato. Eu falei que ia ao banheiro. Esperava que ela se levantasse para falar comigo em privado, mas ela ficou ali. Quando eu voltei, tinha um pedaço de pão e outras comidas no prato dela. Nós quatro estávamos bêbados. O professor começou a falar sobre suas experiências sexuais. O Américo se levantou e começou a colocar as louças sujas na pia. Uns 10 minutos depois a gente foi embora. Eu dormi no carro e não lembrei de perguntar para a Nil o que ela queria dizer com o símbolo no prato. Talvez a gente tenha falado disso no dia seguinte, mas eu não me recordo. É possível que ela tenha se confundido com o símbolo que ela desenhou. Não era nada importante, provavelmente.

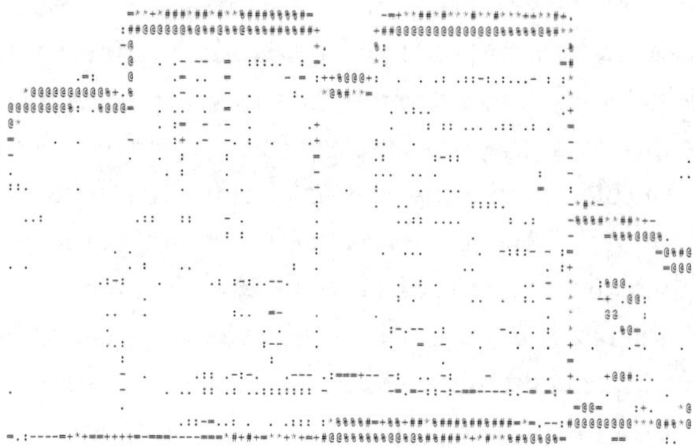

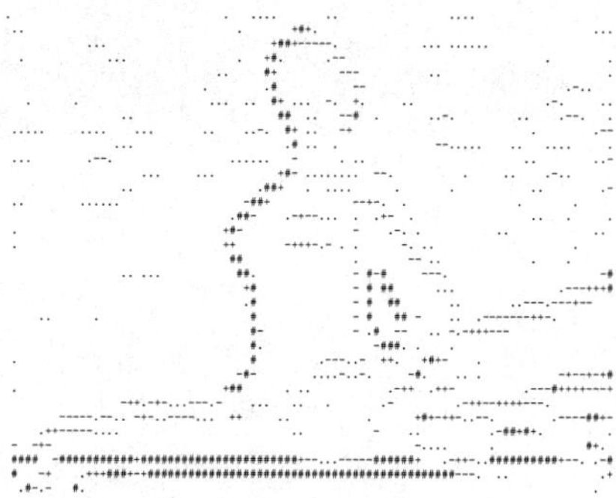

# XVII

Fonte 8
Arquivo de texto
Origem: equipamento 98774C
Local: N/A
Data: 04/07/2063
188 palavras

[14:02, 04/07] — Jussara UnB: Oi, Nil, tá melhor?

[21:51, 04/07] — Nil: Oi, querida. Sei lá. Um pouco

[21:51, 04/07] — Nil: Mas é muito ruim essa briga com o meu corpo. Essa dificuldade de fazer o básico e ficar estável

[21:51, 04/07] — Nil: A letargia profunda e depois essa vontade frenética de fazer mil coisas

[21:51, 04/07] — Nil: Eu acho que o pior disso tudo é o que envolve as outras pessoas, sabe?

[21:51, 04/07] — Nil: Eu fico com medo extremo de me abrir, pq eu sei que se eu me abro vem esse medo de abandono, a vontade de cobrar a outra pessoa, aí fico com ódio

[21:52, 04/07] — Nil: Sempre me sinto idiota depois

[21:52, 04/07] — Nil: É muito muito ruim. Mas agora tô nesse momento, depois melhora

[21:52, 04/07] — Nil: E eu acho que eu estraguei tudo de vez com a Nina

[21:52, 04/07] — Nil: E você?

[21:55, 04/07] — Nil: Mas eu tô melhorando, obrigado pela preocupação. Eu vou sair para andar de bicicleta com o Jafé daqui umas 2 horas, se quiser ir junto

# XVIII

**Fonte 1 - Parte 8**
**Arquivo de texto**
**Origem: equipamento 74940P**
**Local: Brasília, DF**
**Data da última modificação: 12/3/2063**
**12560 palavras**

Com Nil, escutei pela primeira vez:

Yutan,

> [Ela me olha
> E na pupila dela
> Eu vejo a cidade toda em 9K
> Ela me fala
> Meu corpo esquece
> O que é o céu, o que é o mar
> Ela deitada no meu peito
> Eu esqueço de respirar]

Amadou e Mariam,

> [Je pense à toi, mon amour, ma bien aimée
> Ne m'abandonne pas, mon amour, ma chérie
> Je pense à toi, mon amour, ma bien aimée
> Ne m'abandonne pas, mon amour, ma chérie]

Arthur Verocai,

[Na minha cidade do interior
Tudo que chegou chegou de trem
Minha mãe olhava pra estação
E vendo viagens dentro de mim
Desenhou no ventre mais um irmão]

Gregory Porter,

[Hey, Laura, it's me, sorry, but I had to ring your doorbell so late
But there's something bothering me
I really am sorry but it just couldn't wait
Is there someone else instead of me
Go ahead and lie to me
And I will believe you're not in love with him
And this fool can see, that the rivers of your love flow uphill to me]

E Ângela Ro Ro,

[Amor, meu grande amor
Não chegue na hora marcada
Assim como as canções
Como as paixões e as palavras

Me veja nos seus olhos
Na minha cara lavada
Me venha sem saber
Se sou fogo ou se sou água]

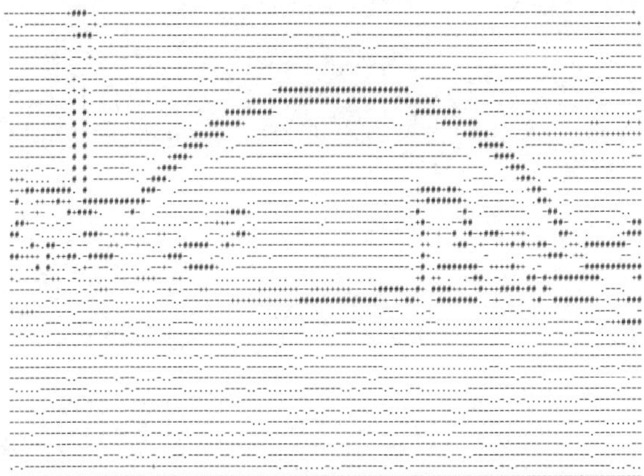

# XIX

Fonte 9
Arquivo de vídeo - Transcrição
Data: 07/06/2048
Origem: equipamento 45331C
Local: Entre Rios, SC
6 minutos e 19 segundos
325 palavras

— Esse é o gato, o Bobó. E esse o Chico, um cachorro. E eu sou a Sônia. Eu sou pessoa. Eu tenho quase 7 anos. O Chico tem 2 anos. O Bobó é velho, muito velho. Ele deve ter 100 anos. Meu pai é vento e minha vó é estrela. O Bobó é bravo e o Chico é assustado. Eu sou... Não sei. Eu sou mais assustada, mas eu sou corajosa, eu pego besouro na mão e pego piolho de cobra na mão. A Larissa não pega. O Tales pega só besouro. O Chico às vezes é triste e o Bobó é quieto. Minha mãe às vezes é triste. Minha mãe fala pra eu jogar os galhos pro Chico buscar, mas ele busca e mastiga e não devolve. Eu puxei o galho e caí e machuquei o joelho. Eu não chorei, só quando minha mãe veio. O Chico come terra, planta e às vezes até cocô. Ele também se esfrega no cocô. Eu queria saber por que um galho tem oito folhas, outro tem três folhas, outro dez folhas. Minha mãe diz que tudo é de Deus. E que Deus tá vendo que eu arranquei uma pena da galinha. Eu queria saber se era molinha de sair. O Tales tem as canetas coloridas. Ele me emprestava, mas eu afundei a ponta da caneta amarela e ele não emprestou mais. Aí eu não pedi mais. Mas outro dia ele disse que me emprestava de novo. Minha professora disse que eu desenho bonito quando eu presto atenção. Mas tem dia que eu tô com preguiça. Aí eu só faço a cabeça, a boca e o cabelo. Ali naquele cantinho tinha marimbondo. Eu perguntei pra minha mãe se existe bicho do mal e ela disse que não. Mas tem bicho que machuca a gente, então a gente não pode chegar perto. Olha o meu pé. Olha a árvore de goiaba. Olha o Chico. Olha eu. Tchau, gente.

# XX

**Fonte 1 - Parte 9**
**Arquivo de texto**
**Origem: equipamento 74940P**
**Local: Brasília, DF**
**Data da última modificação: 12/3/2063**
**12560 palavras**

Eu pensava muito em Nil. Via as coisas por meio dela. Encontrava nas vitrines as roupas escuras e largas que ela usava. Percebia a luz clara que a incomodava no supermercado. O gato preto e o gato branco que apareciam pela quadra sempre juntos. Recordar dela às vezes me acalmava e alegrava. Às vezes me angustiava muito. Com frequência pensava nela de um jeito circular e obsessivo. Não sei se era sempre ela ou exatamente ela. Ou o que ela representava. Acho que era mais o que ela guardava. Um caminho, que eu observava imóvel, tomado por encanto e medo. Entreguei os relatórios do dia e quis vê-la. Mandei mensagem e ela me disse que voltaria em duas horas. Então saí para caminhar. Sentei em um banco de concreto. Os bancos de concreto continuam iguais.

"A flor de lótus floresce na lama". Com exceção dos psicopatas aos quais essa frase se aplica, as pessoas não pareciam estar bem, desde antes da hecatombe. Você olhava para um indivíduo qualquer na rua e encontrava um rosto tenso, as sobrancelhas franzidas, os olhos cansados. Você podia não saber o motivo, mas entendia e concordava. Nesse caso específico podia ser enxaqueca ou dor de barriga, não sei. Mas o que eu quero dizer é que antes da catástrofe já tinha algo de muito ruim acontecendo e todo mundo sabia. A gente não precisava viver assim ou seguir esse caminho, mas tínhamos escolhido isso por alguma razão e estávamos presos nessa escolha. As pessoas até concordavam sobre quais eram os principais problemas, mas não se colocavam de acordo sobre as causas, os culpados e o que deveria ser feito. Todo mundo tinha opinião sobre tudo, todo mundo batia boca sobre tudo. Mas muito pouco resultava disso. Na prática, cada pequeno problema foi se tornando mais e mais complicado e especializado. A maioria das pessoas não tinha conhecimento nem paciência para participar dos processos que realmente influenciavam o rumo das coisas. As soluções dependiam de meia dúzia de hiper-especialistas que só conseguiam conversar entre si. Quanto aos demais, era como se, por meio das redes sociais e das novas tecnologias de comunicação, tivessem criado milhões de grupos de terapia coletiva. As discussões entre amigos, familiares e colegas de trabalho sobre os problemas do mundo e suas soluções tinham função terapêutica contra a neurose, mas não serviam para nada mais. Eu mesmo, conforme fui fazendo mais amigos, passei a emitir mais opiniões genéricas sobre muitos assuntos. Sabia que a única coisa que eu podia fazer direito era usar um determinado software para produzir relatórios no formato que o CEDF demandava. O resto, eu falava por falar, como quase todo mundo. Depois de mais de três décadas de vida entendi que, para viver melhor, às vezes a gente tem que simplesmente fazer o que esperam que a gente faça.

Muita coisa mudou depois da catástrofe. Tantas linhagens familiares interrompidas, culturas inteiras extintas. Mas acho que as pessoas seguem fazendo o que sempre fizeram. Talvez agora durmam diferente, comam diferente. Talvez a necessidade de dormir, comer, caminhar, trabalhar, cuidar dos outros impeça muita gente de enlouquecer. Seguir, apesar de tudo. Fazer promessas que não vão cumprir, se emocionar com coisas bobas e emudecer-se diante das mais importantes, dizer que acreditam no paraíso e continuar temendo a morte e tentando evitá-la a qualquer custo, dizer que não acreditam em nada e sentir que existe algo incompreensível e poético em simplesmente existir. Mentir por boas e más razões, chorar por boas e más razões. Seguir, dia após dia, sem saber bem em direção a quê. Seguir.

Levantei do banco e fui em direção à região da rodoviária. O que Brasília tem de mais parecido com um centro. No caminho vi um grupo ao redor de uma fogueira. Estavam sentados em silêncio e circulavam uma lata com alguma substância entorpecente, que inalavam com a boca. Pouco adiante, em um gramado da 203N, tinha uma série de carros queimados amontoados, formando algo como um ferro-velho. Duas pessoas conversavam em meio às sucatas, pareciam negociar alguma coisa. Caminhei por mais uns dez minutos. Um grupo de quatro mulheres arrumadas e maquiadas passou por mim. Uma delas mostrava para as outras um revólver personalizado com o que pareciam ser cristais Swarovski. Guardou a arma na bolsa quando me aproximei. Cheguei ao centro. Forças de segurança do Sul e do Norte o vigiavam, em comum acordo. Um grupo de policiais do Sul conversava e ria. Tinha muitos camelôs, vendedores de comida, trabalhadores sexuais, pregadores religiosos e indigentes. Uma adolescente pequena e suja tomou dinheiro da mão de um vendedor de pastéis e ele tentou jogar óleo quente nas costas dela, errando por pouco. Ninguém pareceu surpreso. Continuei andando. Comprei de um camelô uma pequena caixinha de música que continha o canto de virtualmente todos os pássaros que já existiram. Achei que devia comer algo mas a ansiedade tinha tirado minha fome e nada me interessou.

É difícil entender o que vai acontecer agora. Depois de um evento muito violento, as pessoas muitas vezes concordam que certas ações não são boas e criam mecanismos políticos e legais para que elas não se repitam. Também é comum que, após um evento que mata muita gente, as pessoas fiquem mais à vontade para matar ainda mais gente. Ao menos por enquanto, acho que existe motivo para algum otimismo. As novas sociedades na Asa Norte e na Asa Sul parecem relativamente estabilizadas. Quem sabe as novas gerações não vão conseguir criar um mundo de paz. “Quero ter olhos para ver a maldade desaparecer”, diria o Nelson Cavaquinho (que morreu muito antes disso). Não leio a Bíblia faz tempo. Não lembro se o Apocalipse, o arrebatamento ou a volta de Jesus vêm antes. Talvez a volta de Cristo seja uma metáfora para a vitória do amor e da paz. Muita coisa no livro faria mais sentido ou algum sentido como metáfora. Também posso estar enganado e as novas gerações serem tão ruins ou até piores que as anteriores. Não seria a primeira vez na história.

Também faço mais ou menos o que fazia antes. Fico em casa, ando um pouco, trabalho. Mas algo em mim mudou. Quero ver Nil. Quero fazer novos amigos. O tempo, talvez o hábito de ruminar os mesmos pensamentos e sensações, talvez meu corpo cansado do martírio, alguma coisa fez com que eu enxergasse melhor o que quero e preciso. Coisas que eu já queria faz tempo e não entendia. Meu corpo antes se retraía com vergonha e medo quando eu olhava para o que faltava e o que sobrava em mim. Com o tempo fui me acalmando, como um animal assustado que aceita o toque de uma mão bem intencionada.

Assim que entrei no apartamento de Nil, ainda de pé, disse que a amava. Eu não tinha mais ninguém. Sabia que eu não podia esperar tanto dela. E que eu tinha alguma coisa da qual eu devia me curar. Tinha sido sempre tão difícil me equilibrar naquele lugar estreito em que a gente não se sente melhor nem pior do que ninguém. Eu tinha encontrado alguém quando tinha vinte anos. Não fui capaz de amá-la. O outro é uma porta revestida por um espelho. Eu só me relacionava comigo mesmo. Mas eu precisava olhar para mim, precisava antes de tudo entender certas coisas. Machuquei e me machuquei muito. A vida pode ser tão violenta. Então me fechei e passei a me dizer que meu único valor resultava de ter suportado a dor. E que eu deveria seguir sozinho, pois já não pertencia a nenhum mundo, o dos fiéis ou o dos laicos, o dos vivos ou o dos mortos. Disse a Nil que eu a amava profundamente. A amizade dela significava muito para mim. Agradeci, sem saber explicar bem pelo quê. Não pude dizer, mas era pela generosidade dela. Por tocar sem repulsa a minha pele. Eu era o outro. A porta e o espelho. Ela, em mim, não buscava a si mesma. Ela me atravessava. Chorei e ela me abraçou. Depois ela chorou, acho que pela lembrança da irmã.

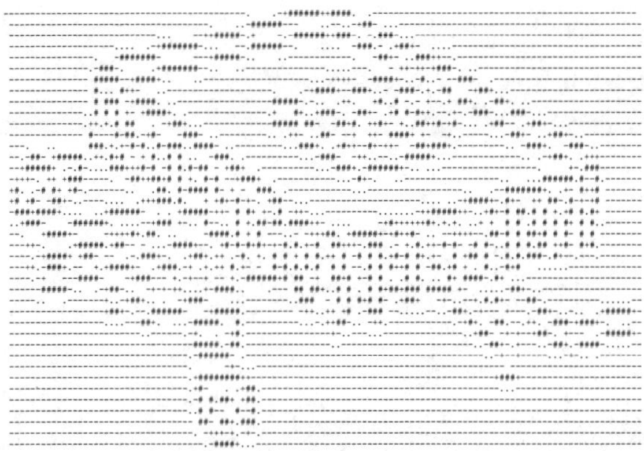

# XXI

Fonte 3 - Parte 5
Arquivo de texto
Origem: equipamento 85033W
Local: Brasília, DF
Data da última modificação: 28/10/2065
2462 palavras

## QUINTA CENA

PERSONAGENS
KARINE E LI

*(Mesmo quarto em Bangkok. Karine e Li ainda na cama.)*

LI — O cheiro é uma coisa tão forte, né. Não quero ser chata, sempre tenho essa ansiedade de ser chata com essas coisas que eu falo. Mas tem uns estudos que dizem que, pelo cheiro, a gente consegue identificar o complexo principal de histocompatibilidade de alguém. É uma grande região genômica, a região mais densa de genes do genoma dos mamíferos. Ela tem um papel importante para a imunidade e para a reprodução. Pelo cheiro, a gente consegue perceber quem tem um complexo diferente e complementar ao nosso. Uma criança ou um filhote gerado por indivíduos com complexos diferentes têm vantagens evolutivas.

KARINE — Eu adoro o seu cheiro.

LI — Eu também adoro o seu. Eu amo o seu jeito. (...) Mas eu acho que você não é a minha pessoa.

KARINE O que você quer dizer com isso?

LI Talvez não exista a minha pessoa. Provavelmente não uma.

KARINE Então por que você está falando isso?

LI Eu tenho essa sensação. Eu nunca tive certeza em relação a ninguém, mas eu acho que é possível ter.

KARINE Eu não estou te entendendo. Não te entendo. Quando eu acho que eu estou te entendendo, você me mostra que não.

LI Eu não sei também. Você não sente isso? É como uma pedra que fica muitos anos no mesmo lugar. A pedra, no início, toca superficialmente o solo. Com o passar do tempo, a microbiota, os fungos, os insetos, as árvores reconhecem que a pedra existe. Pensam na pedra, cada um à sua maneira. A pedra existe de forma pequena e grande. Significa muitas coisas, mas é uma só coisa. Sua imagem se movimenta, mas ela está no mesmo lugar. Só então o solo a aceita. O lugar do encontro das palavras é o lugar da pedra. (...) Eu não me sinto assim. Esse lugar só tem um nome. Eu aqui tenho um só nome. É como se esse lugar já existisse antes de mim. O lugar já existia e eu estou aqui hoje.

KARINE (...) Não sei o que te dizer. Todo mundo sonha. Todo mundo deseja e projeta. Eu te escuto. Eu tento te escutar. Eu tento, com meu corpo todo.

LI Talvez você não seja boa nisso. Não agora. Não é culpa sua. Também não é culpa minha. Me sinto assim. Não sei se o quê eu estou te oferecendo é suficiente para você. Talvez não devesse ser.

## XXII

Fonte 1 - Parte 10
Arquivo de texto
Origem: equipamento 74940P
Local: Brasília, DF
Data da última modificação: 12/3/2063
12560 palavras

Eu estava indo ao trabalho para uma reunião. Abri a porta do prédio e saí. Do lado de fora, uma mulher parecia esperar alguém. Ela usava um vestido com listras verticais vermelhas e pretas. Estava maquiada. Me chamou quando passei por ela.

— Lembra de mim?

— Não estou lembrando. Acho que não te conheço.

— Você me ajudou aquele dia aqui em frente. Eu caí no asfalto, desmaiei, e você me ajudou. Obrigado. Queria te agradecer.

— Desculpa, não tinha te reconhecido. Por nada. Tô vendo que você está bem, que bom. Eu tô a caminho do trabalho, tenho que ir pra lá agora.

— Preciso conversar com você. Sobre outra coisa.

— Eu realmente tenho que ir, se eu não for agora vou atrasar.

Voltei do trabalho quatro horas depois e ela estava no mesmo lugar. Quando me viu, veio em minha direção.

— Deixa eu me apresentar. Meu nome é Mônica. Eu não sou louca. Eu acredito que Deus te colocou no meu caminho. Me escuta, por favor.

— Não foi nada demais o que fiz aquele dia. Eu não sei se eu posso te ajudar de outra forma.

— Só me escuta. Deixa eu te explicar o que está acontecendo. É muito importante. É a coisa mais importante.

— Eu preciso subir logo.

— Eu vou ser rápida. Você me encontrou naquele estado porque eu estava muito fraca. Achei que aquele dia ia ser o fim para mim. Não sabia onde encontrar comida e água. Eu tive que abandonar todo mundo que eu conhecia. Nasci e cresci dentro de uma pequena igreja, que pouca gente conhece. A Igreja Quadrangular do Pentateuco, fundada por um fazendeiro, o pastor Freitas, em Entre Rios, no interior de Santa Catarina, na década de 2010. Ele não era santo, mas era um bom homem, segundo meu pai. Ajudou muita gente. Pessoas que ficavam doentes, que queriam sair dali. Quando envelheceu, o pastor passou a liderança da igreja para o filho, seu Julinho, depois pastor Julinho. Eles tinham juntado dinheiro, a cidade era pequena, não crescia nem diminuía. Eles vieram para Brasília. O pastor Freitas era viúvo. Além deles vieram algumas das famílias de fiéis junto, entre elas a minha. Isso em 2048. Eu tinha 15 anos. A gente foi para Brazlândia. O pastor Freitas morreu quatro meses depois que a gente chegou. O Julinho era muito diferente do pai. Em Santa Catarina ele era quieto e sério. Aqui ele também era assim no começo. Ele estava sempre com a esposa, mas parece que eles não conversavam entre eles. A pregação dele não atraía muita gente, pessoal dizia que faltava emoção. Deu um dia e a esposa dele pegou as coisas dela e voltou para Santa Catarina. Ele sumiu. A igreja ficou fechada por seis meses. Quando ele reapareceu, estava muito diferente. O jeito de falar, o rosto. Tinha uma nova mulher. Bonita, mais jovem. Diziam que ele tinha mandado trazer ela de uma cidade próxima, ali na mesma região de Santa Catarina. Foi a partir daí que a igreja cresceu. Ele falava com muita convicção. Dizia que, na sua igreja, todos sabiam que o salário do pecado é a morte. Que a amizade do mundo é inimizade contra Deus. E que quem não é por Jesus é contra ele, e quem com ele não ajunta, espalha. Ninguém é obrigado a acreditar em Deus ou em Cristo. Você é cristão se quiser. Mas para que você seja, você precisa aceitar algumas coisas. Que Jesus é o messias, nosso salvador.

Que existem céu e inferno. Você que é um pai de família cristão, casado, tem um ou mais filhos, convive com seus pais e sogros, irmãos, cunhados, sobrinhos. Trabalha. Tem amigos. Tenho certeza que nem todas essas pessoas estão no caminho da salvação. Você acredita mesmo no reino dos céus? Você realmente ama essas pessoas? Você fica em silêncio enquanto elas se destroem e me diz que ama essas pessoas? Se você não é frio nem quente, se você é morno, eu te vomitarei da minha boca. Falar é muito fácil. Esse amor é verdadeiro? Eu quero que cada um de vocês faça uma lista das pessoas que amam e que acham que não estão no caminho da salvação. Cada uma delas tem que pisar nesta igreja. O pastor Julinho, dois anos antes da catástrofe, começou a dizer que o fim do mundo estava próximo. Ele dizia que seria um momento de purificação do planeta. Um grande expurgo. Quem merecesse seria poupado. Então ele e muitos seguidores da igreja começaram a se preparar. Construíram um bunker embaixo da igreja. Estocaram comida enlatada, água, remédios. Quando a catástrofe veio, eles acharam que era o começo do fim. Foram lá para dentro. Eu, inclusive. Eu preciso da sua ajuda. A vida na arca não era fácil. Eles chamavam de arca. Mas não deixaram ninguém levar animais. Não tinha o que fazer lá além de rezar, comer e dormir. As crianças brincavam. O Julinho era o único que saía. No começo, por umas horas e depois voltava. Dizia sempre que as coisas estavam cada vez piores. Passou a ficar cada vez mais tempo fora. A mulher dele, a Sônia, começou a ir junto. Eu preciso da sua ajuda. O Julinho não se conforma que o apocalipse não aconteceu do jeito que ele queria. Ele não aceita. Não deixa as pessoas que estavam lá embaixo saírem. As pessoas estão presas lá. Elas querem sair. Eu consegui fugir. Forcei a porta quando ele estava chegando e saí correndo. Ele colocou gente atrás de mim. Não tenho lugar para voltar.

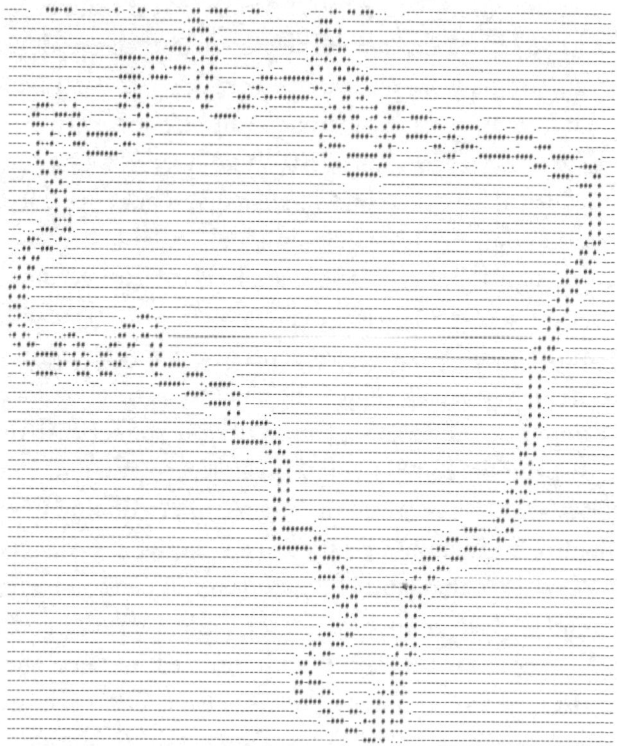

# XXIII

Fonte 9
Arquivo de texto
Origem: equipamento 118940A
Local: Brasília, DF
Data: 17/09/2084
325 palavras

Hoje lembrei de Nil. Eu estava sentado no escritório. Abri a porta, pedi que as crianças fizessem menos barulho e voltei a fechá-la. Pensei em mandar uma mensagem para ele, mas não mandei. Fiquei olhando para a tela. Decidi procurar pelo nome dele. Encontrei um vídeo gravado em uma sala de aula em Nova York, cidade que recentemente alcançou Brasília em número de habitantes. No vídeo, Nil se dirige até a lousa e desenha um abacaxi. Começa então a dar aula:

— O pequeno quer ser grande. Um dos poucos fatos certos da vida. Alargar-se, reproduzir-se. Para se sentir grande, precisa convencer o outro de que é grande. E para convencer o outro dessa grandeza, precisa acreditar que já a tem. Com aparente confiança em minha grandeza, procuro convencer a você, com a esperança de que, ao te ver convencido, possa convencer a mim mesmo daquilo de que veladamente desconfio. E para isso serve a mentira. A confabulação. E o teatro. Os portugueses, que nada dominavam até o século XVI, nem bem a si mesmos, diziam existir, em algum lugar da África ou da Ásia, um reino gigantesco liderado por um padre lusitano, o Preste João. Um padre de 562 anos. Liderava dez mil cavaleiros e 100 mil homens a pé na resistência aos muçulmanos. Os lusitanos convenceram os outros disso e depois a si mesmos. Então seu rei enviou homens à África para que encontrassem o padre e a ele se aliassem na luta contra os islâmicos. Não o acharam. Mas encontraram os etíopes, que de fato existiam e se opunham aos muçulmanos. Juntaram-se a eles e venceram os inimigos. O poder de um indivíduo de inventar as próprias certezas pode mover um país. As palavras de fé do rei Pedro, pronunciadas sob os arcos do mosteiro de Santa Clara-a-Velha, deram ao aro de ouro puro colocado sobre o crânio, em parte decomposto, de Inês de Castro o poder alquímico de trazê-la de volta à vida. Virou rainha, a mais importante delas. Equivoca-se quem diz que agora Inês é morta. Menos ela do que todas as outras rainhas portuguesas. Os portugueses estavam certos de que o Paraíso se encontrava em algum lugar da Terra. Acharam que o éden estava no Brasil. Em algum lugar isolado, guardado por árvores infindáveis, bichos peçonhentos e muita água. Sinais divinos reforçavam a certeza dos lusitanos e lhes davam força para continuar a busca. (Aproxima-se da lousa). Encontravam, no meio da mata, exemplares de uma fruta que certamente tinha sido colocada ali por Deus. Com sua coroa de espinhos, o símbolo inquestionável de Cristo e do Rosário de Nossa Senhora – (aponta a lousa) o abacaxi. Para o povo que tem fé, um abacaxi pode ser prova suficiente da existência do céu na Terra.

# XXIV

Fonte 3 - Parte 6
Arquivo de texto
Origem: equipamento 85033W
Local: Brasília, DF
Data da última modificação: 28/10/2065
2462 palavras

CENA FINAL

PERSONAGENS

AIMÉE

*(Sala de um loft amplo em Seul. Um sofá e uma poltrona no centro da sala, voltados para uma televisão, que está ligada. No sofá, dois travesseiros compridos ("dakimakura") com fotos dos pais de Aimée, dispostos de forma que parecem estar sentados. Na poltrona ao lado do sofá, tem um gato dormindo. A parte de trás da sala assemelha-se a um estúdio de pintura – tem uma mesa e uma cadeira, alguns cavaletes e uma série de telas encostadas nas pernas da mesa e na parede de forma desordenada. Sobre a mesa, há telas em branco, folhas de papel, pincéis, tintas e lápis. Na parede do fundo, estão pendurados quadros e desenhos grandes e complexos. Aimée entra na sala, vinda dos quartos. Senta-se à mesa, pega um pincel e começa a pintar uma folha de papel pequena. (...) Ela se dirige ao sofá. Senta-se ao lado dos travesseiros.)*

AIMÉE Hoje foi um dia bom.

*Volta para a mesa e continua a pintar. (...) Pega a pintura e a cola na parede. É uma folha pintada de vermelho. Um foco de luz permanece sobre a folha, enquanto o resto da sala escurece.*

# XXV

**Fonte 1 - Parte 11**
**Arquivo de texto**
**Origem: equipamento 74940P**
**Local: Brasília, DF**
**Data da última modificação: 12/3/2063**
**12560 palavras**

Às 23h do dia 12 de dezembro de 2062, uma sexta-feira, nós três nos encontramos atrás do prédio. Mônica tinha conseguido um carro. Eu levava uma mochila com meu passaporte, uma faca e um pouco de comida (maçãs, bebidas proteicas). Vestia uma jaqueta fina azul escura. Nil e Mônica estavam de preto, com roupas semelhantes, blusas e calças largas de algum tecido semelhante a algodão, mas não se pareciam em nada. Mônica carregava uma bolsa cinza. Nil usava uma máscara preta. Nos cumprimentamos com um abraço rápido e entramos no carro. Mônica definiu o destino e o carro partiu. Tínhamos discutido detalhadamente o plano na semana anterior. Ela abriu a bolsa e mostrou o rolo de *silvertape* e as ferramentas. Seguimos em silêncio. Pedi para pararmos em uma loja de conveniência para que eu pudesse comprar uma dose de alguma bebida. Comprei uma dose de gim, que misturei em um copo com meia lata de suco de pêssego e tomei de uma só vez, enquanto elas me esperavam no carro. Depois, seguimos em silêncio. Nil e eu em algum momento nos demos as mãos.

Não tinha ninguém na frente dos postos policiais. O carro passou pela ponte JK, pela Estrada Parque Contorno e pela Avenida do Sol. Entrou no Jardim Botânico, que tinha sido dominado pelas milícias do Lago Sul. Seguimos por mais um quilômetro e Mônica pediu ao veículo que parasse em frente a um terreno baldio. Descemos e continuamos a pé por uma trilha em meio à vegetação do cerrado. Tinha chovido durante a manhã e as folhas estavam úmidas. Chegamos a um muro, que também estava úmido. Mônica apontou os blocos soltos na parte superior do muro e pediu que eu os empurrasse, para abrir um vão que nos permitisse passar por baixo da cerca elétrica. Garantiu que a cerca estava desativada. Derrubei 4 blocos, que caíram sobre a grama. Com as mãos, fiz um apoio para que Mônica pudesse subir e passar primeiro. Depois, Nil e então eu. Esfolei minha mão direita e, com a ponta do indicador esquerdo, passei saliva sobre o machucado.

Dentro do condomínio, nos dividimos. Tínhamos uma foto da casa e sabíamos que ela ficava na parte oeste do condomínio, em uma das ruas mais próximas do muro. Quem a encontrasse avisaria os outros. A maior parte das casas estava com as luzes desligadas. Alguns terrenos tinham obras que pareciam abandonadas. Vi uma casa branca e tive quase certeza de que não era a da foto. Mas me aproximei e olhei pela porta de vidro da sala. Vi um homem dormindo deitado no sofá, de costas para mim. No chão, embalagens de comida, latas de cervejas e garrafas de vinho vazias. Havia um saco preto grande cheio de lixo ao lado de um dos pés da mesa de jantar. Em cima da mesa, uma pilha com dezenas de peças de roupas e sapatos que pareciam ser de uma mulher. Porta-retratos na estante apoiada na parede esquerda mostravam uma família grande. Pensei que podemos nos destruir por tantas coisas e nos salvar só por um punhado delas. Olhei para o homem novamente. Senti medo. A vida deita uma pessoa pelas razões mais diversas e imprevisíveis. E a gente sofre tentando antecipar as coisas e se proteger. Muitas vezes também repousei minha cabeça no sofá quando o que eu queria era rompê-la no asfalto de uma avenida. Arrastamos por toda a vida nossos berços de criança, ainda que só sirvam para lembrar que pertencemos à cama. No fundo da sala, tinha uma segunda estante com troféus e uma pequena biblioteca. As paredes tinham sido recém-pintadas, tudo parecia novo. Me perguntei se a casa tinha sido construída recentemente ou reformada. E como seria morar em um lugar assim, tão branco. Recebi então uma mensagem de Nil avisando que tinha encontrado a casa.

Nos encontramos os três e concordamos que tínhamos achado a casa certa. E que a melhor forma de tentar entrar era pela janela da cozinha. Mônica tirou da bolsa um martelo e uma chave de fenda e me passou. Tentei enfiar a chave de fenda no vão da esquadrilha e forçá-la para que cedesse. O material era frágil e leve, mas não era possível abrir sem fazer muita força e consequentemente barulho. Devolvi as ferramentas para Mônica. Ela tinha garantido que o portão da igreja e o do bunker eram ainda mais difíceis de abrir, se não impossíveis, sem as chaves. Fiquei em dúvida se nosso plano de invadir a casa tinha sido tão bem pensado quanto eu achava, mas agora era tarde para desistir. Nil sugeriu que a gente tentasse forçar a porta da sala. Eu e ela seguimos para lá. Mônica foi procurar entradas alternativas. Enquanto Nil e eu observávamos a porta e pensávamos no que fazer, Mônica apareceu dizendo que a pequena janela do lavabo estava destrancada e que era possível que ela ou Nil conseguissem passar por ela. Levantamos Nil, que era um pouco menor e mais magra. Ela entrou e depois veio abrir a porta da sala para mim e Mônica.

O quarto principal ficava no fundo de um corredor. Nil abriu a porta do quarto com cuidado. Se a porta estivesse trancada, não sei o que faríamos. Talvez esperássemos na sala até alguém acordar. Mas isso não importava. Entramos. E agora estávamos os três de pé ao lado da cama, olhando para Julinho e sua mulher, Sônia, que dormiam. O ar-condicionado estava ligado, cobrindo ao menos o som da nossa respiração. O quarto tinha o teto alto, as paredes de cor creme, um tapete bordô que cobria quase todo o piso, um grande espelho retangular ao lado da porta. Mônica tirou da bolsa o rolo de silvertape, cortou dois pedaços com cuidado e os passou para Nil e mim. O combinado era que, ao mesmo tempo, nós dois taparíamos a boca de ambos com a fita, enquanto Mônica imobilizaria os braços de Julinho – e, em seguida, se desse tempo, o de Sônia – com abraçadeiras de nylon. Tomaríamos então as chaves da igreja e do bunker e correríamos até lá. Nos entreolhamos os três. Sussurrei 3, 2, 1... Antes que Nil e eu pudéssemos fazer o movimento para grudar as fitas, Mônica tirou o martelo da bolsa e desferiu cinco ou seis marteladas na cabeça de Julinho, matando ele na hora. Foi tudo muito rápido. A Sônia acordou e gritou "O que tá acontecendo??? Sua louca!!! O que você tá fazendo???" Mônica foi para cima dela com o martelo, mas nós a seguramos. Estávamos estupefatos. Perguntávamos à Mônica por que ela tinha feito isso. Nil chorava. Ela segurava as pernas de Mônica pela frente enquanto eu imobilizava seus braços por trás. Tirei o martelo de suas mãos e o joguei na cama. Enquanto isso, Sônia foi correndo até a cozinha e voltou com uma faca grande. Mônica se debateu e conseguiu se soltar. Aproximou-se da cama. Quando ela se curvou para pegar o martelo, Sônia enfiou a faca em suas costas.

# XXVI

Fonte 1 - Parte 12
Arquivo de texto
Origem: equipamento 74940P
Local: Brasília, DF
Data da última modificação: 12/3/2063
12560 palavras

Liguei o rádio do carro. Tocava uma música da MC Apolônia:

Sai jogando, meu amor/ Não pensa muito/ Vai fazendo o seu/ A vida é assim mesmo/ Tem que imaginar já fazendo/ Tem que seguir andando/ Tem que sofrer fodendo/ Vem comigo, amor.

# XXVII

Fonte 1 - Parte 13
Arquivo de texto
Origem: equipamento 74940P
Local: Brasília, DF
Data da última modificação: 12/3/2063
12560 palavras

Nil e eu acompanhamos Sônia por dois lances de escada abaixo. Sônia tirou um jogo de chave da bolsa e abriu a grande porta de ferro. Entramos em um bunker vazio.

SÔNIA — Tão vendo? Tão vendo? Não tem ninguém aqui. Como vocês podem ter acreditado em uma louca dessas?

NIL — A história dela fazia tanto sentido... A gente viu os vídeos com o bunker cheio de gente. As postagens do Julinho. As ameaças que ele fez, os áudios dele dizendo que tinha a proteção da polícia da Asa Sul.

SÔNIA — As pessoas ficaram aqui por dois meses. Foi no momento em que a gente achava que Brasília ia ser tomada pela catástrofe. Essa Mônica era obcecada com o Julinho. Dizia que tinha tido um caso com ele. Não sei se é verdade. Tivemos que expulsar ela da igreja. *(Sônia se senta no chão do bunker. Em seguida, Jafé e Nil também se sentam).* (...) Eu não sei o que eu vou fazer agora. Meu plano era fugir. De algo que já não existe. Não tenho mais motivo para ir. E não quero ser obrigada a ficar. (...) Vocês sabem o que é ser amado? (...) Minha mãe morreu quando eu tinha seis anos. Ela me amou, mas eu quase não me lembro. A irmã dela me adotou porque não tinha escolha. Não era má. Era pobre. Tinha quatro filhos. Meu prato era o último a ser feito. Antes do meu, o do Jé. Ele morreu criança. Eu sobrevivi, fiquei bonita. Ou sobrevivi mesmo por isso. Eu comia duas vezes na escola. Um cozinheiro me dava mais um almoço que eu comia saindo da escola no fim da tarde. Mas dizia que tinha que receber alguma coisa em troca. Ninguém que ficou na minha escola até o fim teve um destino melhor do que o meu. Quando você não é amado o suficiente, você sempre está em desvantagem. Trabalhei como vendedora em uma loja de roupas. As outras meninas tinham família. Todo pequeno gesto para mim era muito. Talvez elas até gostassem de mim, mas já passavam 8 horas por dia comigo, não queriam me ver fora de lá. Eu ia para um parque e sentava na grama. Muitas vezes pensei que conhecer o mar mudaria minha vida e depois que isso era bobagem. Minha tia era fiel da igreja do pai do Julinho. Eu era criança e o Julinho, adolescente. Ele não falava nada. A gente nunca sabe o que as pessoas tímidas pensam. Tem muita gente quieta com muito ódio guardado. Eu acho que o caso dele era mais medo. Eu lembrava dele assim. Quando ele me ligou de repente, ele falava calmo mas de vez em quando a voz falhava e parecia que ele estava desesperado. Eu também estava desesperada, mas desde que nasci. Ele falou diretamente o que ele queria. Eu podia ter pedido um tempo para pensar. Mas disse logo quais seriam minhas condições e ele aceitou. Talvez ele tenha gostado de mim em algum momento. Eu nunca gostei dele. Também não fiz mal a ele. Ele me agrediu e me violentou muitas vezes. Mas se tornou dependente de mim. Eu era a única a quem era permitido vê-lo naquela condição patética, os tremores, os gritos, os soluços, nas noites em que os traumas cobravam sua ração de medo e ódio. A mão impetuosa do pai. O irmão que o estuprava. Durante a madrugada, Julinho vomitava seus fracassos no meu colo. De manhã, com a garganta ainda ardendo, clamava no púlpito a presença de Deus. (...) Não sei o que vou fazer com a igreja. Eu penso em Deus de outra forma. Mas quem ficou ali foi quem gostava de ouvir o Julinho. Faz tempo que sonho em colocar a igreja abaixo. Em transformá-la em nada. Em menos que nada. Em um púlpito solitário em um campo ermo. Um púlpito ao qual os fiéis todos possam se dirigir sozinhos para falar em voz alta com seus infinitos deuses sem serem ouvidos por eles e por ninguém. (...) Essa igreja agora é minha. Não me obrigarei a destruí-la nem a mantê-la viva. Não desprezarei quem me oferece suas mãos, mas não abandonarei o que carrego para que eu possa estender as minhas. (...) Eu nunca vi de perto ninguém que fosse feliz. Meu desejo era que me tirassem os pregos das mãos e dos pés. Então me ajoelhei e pedi o direito de pecar. Cortei meus cabelos. Molhei meus pés com a água da fonte mais antiga no centro da cidade mais impura. Meus olhos foram libertos e pude perceber que tanto me falta e que não sei o quê. (...) Ando pelas ruas e paro em uma esquina. Pergunto para um vendedor se podemos falar de outra coisa. A chuva represada sob meu vestido desfaz suas costuras.

Estou nua e uso sapatos feitos do meu próprio couro. Uma mulher me observa. Não aceno ou sorrio. (...) Agora poderei errar. Machucar e me machucar. Para que meu amor tenha rosto, carne e sangue. Por muito tempo o amor seguirá me orientando como mistério. Um símbolo branco e distante como o cruzeiro do sul. (...) Um pássaro marinho entra no continente, voa em linha reta até a exaustão. Pela Palavra (o voo) e pela fé (o sacrifício), une os corpos d'água do planalto central e o mar. A carcaça do pássaro cai à minha frente. Com os pés a integro ao solo. (...) Sigo caminhando. Talvez eu consiga chegar até o imenso farol e tocar suas pedras salgadas com as palmas das mãos. Talvez eu morra antes de alcançá-las. Talvez eu renasça. É o que eu preciso. O que eu quero. Renascer em vida.

# NOTAS

1 Verso do poema *O inominável*, de Kabir. Tradução livre, a partir do inglês.

2 1º e 2º versos: tirados de haiku de Masaoka Shiki. 3º e 4º: de haiku de Yosa Buson. 5º e 6º: de haiku de Ito Shou. 7º e 8º: de haiku de Basho. Traduções livres, a partir do inglês.

3 Poema *La cierva blanca*, de Jorge Luis Borges, com modificações. Tradução livre, a partir do espanhol.

4 Versos 1º ao 4º, até *desejo*: tirados do poema *The Waste Land*, de T.S. Eliot. Tradução livre. Restante do verso 4º ao 7º: poema *Tabacaria*, de Álvaro de Campos, com modificações.

5 Versos 1º, 2º e 7º: poema *April Och Tystnad*, de Tomas Tranströmer. Tradução livre, a partir do inglês. 3º ao 6º: poema *The Hollow Men*, T. S. Eliot. Tradução livre, a partir do inglês.

## CARA LEITORA, CARO LEITOR

A Cachalote é o selo de literatura brasileira do grupo Aboio.

Lemos, selecionamos e editamos com muito cuidado e carinho cada um dos livros do nosso catálogo, buscando respeitar e favorecer o trabalho dos autores, de um lado, e entregar a vocês, leitores, uma experiência literária instigante.

Nada disso, portanto, faria sentido sem a confiança que os leitores depositam no nosso trabalho. E é por isso que convidamos vocês a fazerem cada vez mais parte do nosso oceano!

Conheçam nossos livros pelo site aboio.com.br e sigam nossos perfis nas redes sociais. Teremos prazer em dividir com vocês todos nossos projetos e novidades e, é claro, ouvir suas impressões para sempre aprendermos como melhorar!

Embarque e nade com a gente.

Cada livro é um mergulho que precisa emergir.

APOIADORAS E APOIADORES

Agradecemos às **245** pessoas que confiaram e confiam no trabalho feito pela equipe da **Cachalote.**

Sem vocês, este livro não seria o mesmo.

A todos os que escolheram mergulhar com a gente em busca de vozes diversas da literatura brasileira contemporânea, nosso abraço. E um convite: continuem acompanhando a Cachalote e conheçam nosso catálogo!

Adriane Figueira Batista
Aimê Nobrega
Alan Barbosa De Melo
Alcides Nogueira Pinto
Alexander Hochiminh
Alicia Romina Solari
Allan Mattos
amanda santo
Ana Maiolini
André Balbo
André Elia Neto
André Pimenta Mota
André Roger
André Viccini
Andreas Chamorro
Anna Martino
Anthony Almeida
Antonio Arruda
Antonio Pokrywiecki
Antonio Ribeiro Nogueira
Antonio Sergio da Fonseca Cassavia
Arman Neto
Arthur Beltrame
Arthur Lomonaco Beltrame
Arthur Lungov
Artur Junqueira Lascala
Bárbara Moraes
Bianca Monteiro Garcia
Brenda Abrunhosa
Bruna Veríssimo
Bruno Coelho
Bruno Guglielmi
Bruno Rolim
Caco Ishak
Caio Balaio
Caio Girão
Caio Maia
Calebe Bodden Craveiro
Calebe Guerra
Camilla Loreta
Camilo Gomide
Carla Guerson
Carolina Paschoalini

Cássio Goné
Cecília Garcia
Celso Macedo
Cintia Brasileiro
Claudine Delgado
Cleber da Silva Luz
Cristhiano Aguiar
Cristiano Gaudêncio
Cristina de Menezes Gaudêncio
Cristina Machado
Daniel A. Dourado
Daniel Dago
Daniel Giotti
Daniel Guinezi
Daniel Leite
Daniel Longhi
Daniel P. L. Botta
Daniela Rosolen
Danielle Dhoye
Danilo Brandão
Denise Lucena Cavalcante
Dheyne de Souza
Diogo Mizael
Dora Lutz
Edson Gaudêncio Filho
Eduardo Avelãs Nunes
Eduardo Rosal
Eduardo Valmobida
Elisa Maria Monteleone de Oliveira
Enzo Reali
Enzo Vignone
Fábio Franco
Fabio Keppe
Febraro de Oliveira
Felipe Mello
Fernando Leite
Fernando Rossi de Oliveira
Flávia Braz
Flavio Goldman
Flávio Ilha
Francesca Cricelli
Frederico da C. V. de Souza
Gabo dos livros
Gabriel Cruz Lima
Gabriel Joaquim
Gabriel Stroka Ceballos
Gabriel Vasovino Burger
Gabriela Machado Scafuri
Gabriela Sobral
Gabriella Belfiore
Gael Rodrigues
Giovana Seixas
Giovanni Ghilardi
Giselle Bohn
Guilherme Belopede
Guilherme Boldrin
Guilherme da Silva Braga
Guilherme Rossi
Gustavo Bechtold
Gustavo Kauark Chianca
Hamad Mota Kalaf
Hanny Saraiva
Helio Ziskind
Henrique Emanuel
Henrique Lederman Barreto

Igor Moreira Moraes
Isabel Sousa Gomes
Ivan Abdalla Sá Fortes Clavery
Ivana Fontes
Jadson Rocha
Jailton Moreira
Jefferson Dias
Jessica Ziegler de Andrade
Jheferson Neves
João Luís Nogueira
João Paulo Melo Nacarate
Joaquim Pinto
Jorge Verlindo
José Luiz Ribeiro Nogueira
José Pacheco Filho
José Ricardo Montesanti
Júlia Gamarano
Júlia Vita
Juliana Costa Cunha
Juliana Pereira
Juliana Slatiner
Júlio César Bernardes Santos
Kátia Vasovino
Kauan Vasovino
Laila Maia Galvão
Laís Araruna de Aquino
Lais Rosa Bertagnoli Loduca
Lara Galvão
Lara Haje
Laryssa Zoppei
Laura Redfern Navarro
Lauro Meller
Lawrence Povoas
Leitor Albino
Leonam Lucas Nogueira
Leonardo Pinto Silva
Leonardo Zeine
Leticia Frazão Alexandre
Lili Buarque
Lolita Beretta
Lorenzo Cavalcante
Lucas Ferreira
Lucas Galego
Lucas Lazzaretti
Lucas Verzola
Luciano Cavalcante Filho
Luciano Dutra
Luis Amaral
Luis Cosme Pinto
Luis Felipe Abreu
Luis Felipe Yonezawa Fernandes
Luísa Machado
Luiz Otavio Montesanti
Luiza Gouvea
Luiza Leite Ferreira
Luiza Lorenzetti
Mabel
Maíra Thomé Marques
Manoela Machado Scafuri
Marcela Roldão
Marcelo Conde
Marcelo Monteiro
Marcelo Silva
Márcio Samezima
Marco Bardelli
Marcos Vinícius Almeida

Marcos Vitor Prado de Góes
Marcus Vinicius Cesar Cabral Pereira de Oliveira
Maria Celina de Oliveira
Maria de Lourdes
Maria Fernanda Vasconcelos de Almeida
Maria Inez Porto Queiroz
Maria Isabel Keppe
Maria Julieta Nogueira
Maria Luíza Chacon
Maria Valéria De Barros Luz
Mariana Donner
Mariana Figueiredo Pereira
Marina Lourenço
Mateus Borges
Mateus Magalhães
Mateus Torres Penedo Naves
Matheus Picanço Nunes
Mauro Paz
Mikael Rizzon
Milena Martins Moura
Montemar Onishi
Morgana Lino
Moshik Sobol
Natalia Timerman
Natália Zuccala
Natan Schäfer
Otto Leopoldo Winck
Paula Luersen
Paula Maria
Paulo Scott
Pedro Guilherme Bastos Menezes
Pedro Iris Paulin
Pedro Torreão
Pedro Vale de Andrade Arruda Câmara
Pedro Zacarias
Pietro A. G. Portugal
Rafael Atuati
Rafael Mendes Bernardes
Rafael Mussolini Silvestre
Ramiro Neto
Raphaela Miquelete
Ricardo Kaate Lima
Ricardo Pecego
Rita de Podestá
Rodrigo Barreto de Menezes
Rodrigo Leão
Rodrigo Ratier
Roger Lombardi
Roman Leon Gieburowski Neto
Ronney Almeida e Silva Filho
Samara Belchior da Silva
Sandra Maria de Oliveira
Santiago Pinto
Sergio Mello
Sérgio Porto
Silvana Lopes De Menezes
Taciano Scheidt Zimmermann

Thais Fernanda de Lorena
Thassio Gonçalves Ferreira
Thayana Stocco do Amaral
Thayná Facó
Tiago Moralles
Tiago Velasco
Valdir Marte
Vanderlei Souza Junior
Vanessa Dinis
Victor Tibau
Vítor Locilento Sanches
Weslley Silva Ferreira
Wibsson Ribeiro
Yvonne Miller

EDIÇÃO Camilo Gomide
CAPA Luísa Machado
ILUSTRAÇÃO DA CAPA Ananda Muylaert
REVISÃO Marcela Roldão
PROJETO GRÁFICO Leopoldo Cavalcante

DIRETOR EXECUTIVO Leopoldo Cavalcante
DIRETOR EDITORIAL André Balbo
DIRETORA DE ARTE Luísa Machado
DIRETORA DE COMUNICAÇÃO Marcela Monteiro
EXECUTIVA DE CONTAS Marcela Roldão
ASSISTENTE EDITORIAL Gabriel Cruz Lima
GESTORA DE REDES Luiza Lorenzetti

GRUPO
ABOIO

ABOIO EDITORA LTDA
São Paulo — SP
(11) 91580-3133
www.aboio.com.br
instagram.com/aboioeditora/
facebook.com/aboioeditora/

*Grafia atualizada segundo o Acordo Ortográfico da Língua Portuguesa de 1990, que entrou em vigor no Brasil em 2009.*

Dados Internacionais de Catalogação na Publicação (CIP)
Bruna Heller — Bibliotecária — CRB10/2348

N778r
Nogueira, Luiz K..
relatório máquina-máquina / L. K. Nogueira
– São Paulo, SP: Cachalote, 2025.

118 p., [18p.] ; 14 × 21 cm.

ISBN 978-65-83003-66-9

1. Literatura brasileira. 2. Romance. 3. Ficção contemporânea. I. Título.

CDU 869.0(81)-31

Índice para catálogo sistemático:
1. Literatura em português 869.0.
2. Brasil (81).
3. Gênero literário: romance -31

Esta primeira edição foi composta em Martina Plantijn e Adobe Caslon Pro sobre papel Pólen Bold 70 $g/m^2$ e impressa em julho de 2025 pelas Gráficas Loyola (SP).

FSC
MISTO
Papel | Apoiando o manejo florestal responsável
FSC® C008008

A marca FSC® é a garantia de que a madeira utilizada na fabricação do papel deste livro provém de florestas que foram gerenciadas de maneira ambientalmente correta, socialmente justa e economicamente viável, além de outras fontes de origem controlada.